rowohlt
BERLIN

Friedrich Christian Delius

# Die Liebesgeschichtenerzählerin

ROMAN

ROWOHLT · BERLIN

1. Auflage März 2016

Satz aus der Adobe Garamond PostScript
bei Pinkuin Satz und Datentechnik, Berlin
Druck und Bindung CPI books GmbH, Leck, Germany
ISBN 978 3 87134 823 5

*für*
*Charlotte*

Herab auf dem Fluss
Auf einem weißen Lastschiff die Vorfahren
fahren vorbei und winken uns zu
(…)
Ach unsere lieben Alten wie sie sich balgen
Um den Platz hinterm Steuerruder
Um einen unerschrockenen Blick von uns
Um die Nabelschnur zu uns um die letzten Gummibärchen
Spielen im Sandkasten die Bauern die Offiziere
Immer noch Krieg ihr großes Erlebnis
Und die Reihen einsamer Mütter
Geschlagen von dem was sie als Sünden verstanden
Und was ihnen die Herren antaten lachend
Nun beneiden sie uns weil das Herz uns so schlägt
Weil wir zusehn von weitem
Wie sie vorbeifahrn und winken
(…)

F. C. D., Mein Leben vor der Geburt (1979)

# 1

Schreib das, schreib uns das, Marie, forderten die Stimmen, weither vom Meer wehende Stimmen, leiser als die in der Ferne lärmenden Wassermassen, unregelmäßiger als der Takt der Wellen, schmeichelnder als der Wind in den Ohren der Frau, die auf einer Bank der Strandpromenade von Scheveningen saß, den tiefen Atem übte und sich nicht wunderte über das, was sie da hörte –

Schreib das, schreib das auf, in dem raunenden Chor meinte sie auch die Stimme ihres Vaters zu erkennen, des kleinen Kapitäns, des alten Kadetten, wie sie ihn nannte, natürlich musste er hier am Meer, das sein Element war, wieder mitreden und mitflüstern, das ist was für dich, die Geschichte des Prinzen und seiner Liebschaft –

Eine Möwe wischte nah vorbei, noch eine zweite, die Frau im dunkelgrauen Wintermantel, mit bescheidenem Hütchen, blieb ruhig sitzen, sehr konzentriert, den Kopf gereckt wie im Konzert, sie horchte den fernen Stimmen nach, ließ den Blick weit hinaus über das bleistichige

Meer zum Horizont streifen und hörte und lauschte in die eigene Stimme hinein –

In den eigenen Entschluss hinein, den Schatz dieser Geschichte zu heben, auftauchen zu lassen aus den Wellen der Vergangenheit, sie war ein bisschen stolz auf die Formulierung Wellen der Vergangenheit und überlegte, ob das ein Zitat war oder eine frische Erfindung, angeregt von der herrlichen Salzluft auf der Strandpromenade, von den Wellen wurden sie angetrieben, die alten Geschichten, aus den Wellen tauchten sie auf –

Du schreibst das jetzt, Marie, egal, was die andern wollen, sagte sie halblaut zu sich selbst, während ihr Blick an einem Schiff festhielt, einem winzigen Punkt am Horizont, und sagte es noch einmal, da niemand in ihrer Nähe war, in normaler Lautstärke: du schreibst das jetzt, als wollte sie damit die Aufforderungen der fernen Stimmen vertreiben, die Einmischungen des Kapitänvaters und der Verwandten und Freunde waren überflüssig und störend, solchen gutgemeinten Zuspruch brauchte sie nicht, suggestive Befehle schon gar nicht, der Plan war ihr eigener seit vielen Jahren –

Endlich, kurz vor der runden Fünfzig, konnte sie sich Zeit dafür nehmen, konnte sie sich leisten zu schreiben, nach einer spürbaren Gehaltserhöhung ihres Mannes und einer winzigen Erbschaft war die finanzielle Lage für die sechsköpfige Familie etwas weniger angespannt, endlich Schluss damit, kostbare Stunden mit dem Tippen von Doktor- und Examensarbeiten für ein bisschen Zuverdienst zu verschwenden –

Endlich war alles bereit, sie musste nur die Erwartungen der anderen, den Chor der fernen Stimmen aus dem Kopf verbannen, sie wollte die eigene Stimme finden und schaffte es endlich, immer stärker und klarer diese eigene Stimme zu hören im fernen Wellengetöse, es lag allein an ihr –

Und an dem Stoff, durch den sie sich, nun den zweiten Tag, im Den Haager Archiv gegraben hatte, ein Stoff, der viele Leute interessieren wird, der Skandal, die große Liebe, höfische Intrigen, der Held ein Prinz, der später der erste König der Niederlande wird, die Heldin eine tanzende Bäckerstochter, deren Kind die Urgroßmutter des Kapitänvaters wird, und alles vor dem malerischen Hintergrund der Historie, in Berliner und niederländischen Palästen, auf mecklenburgischen Gütern –

Die Geschichte deiner im Staub der Akten versteckten, geheimnisvollen Ururgroßmutter, die wirst du zu Papier bringen, niemand anders als du, die Geschichte nimmt dir keiner, sagte sie sich, Fontane hat auch erst in deinem Alter angefangen, gleich nächste Woche den Handlungsplan, mit den neuen Fundstücken und Fakten aus dem

Archiv gibt es keine Ausreden mehr, du musst nur den väterlichen Imperativ vergessen und deinem eigenen folgen, endlich die große Liebesgeschichte, die du immer schreiben wolltest, du Liebesgeschichtenerzählerin, lachte sie und stand auf –

Ein milder Januarnachmittag mit erträglichem Wind, trotzdem konnte man nicht lange sitzen bleiben, nur wenige Spaziergänger mit zugeknöpften Mänteln ließen sich für einige Minuten auf den einladend weißen, geschwungenen Bänken der Strandpromenade nieder, die etwas angeberisch als Boulevard bezeichnet wurde, die Holländer sammelten sich in dieser Jahreszeit und in der Stunde vor der Dämmerung lieber in Cafés und Bierstuben –

Sie aber, die deutsche Touristin Marie von Schabow aus Frankfurt, konnte sich die Gelegenheit dieser majestätischen Aussicht auf die niederländische Nordsee nicht entgehen lassen, die Gelegenheit, die ungewohnte, kräftige Salzluft zu atmen nach dem Papier- und Aktentag im Königlichen Archiv, die Gelegenheit, vor der imposanten Küstenkulisse einen festen Entschluss noch fester zu fassen –

Sie atmete tief aus und tief ein, voll Vorfreude auf die anstehende Arbeit, und spürte gleichzeitig die Komik, gerade jetzt, da sie ihre Fruchtbarkeit verlor und auch im Winter unter Hitzeschüben zu leiden hatte und der

Mann sich öfter zur Seite drehte und auf seiner Seite blieb, mit einer Liebesgeschichte anzufangen, mit Liebesgeschichten zu antworten, vielleicht half das ja zu neuem Schwung, hoffte sie und zog ihren Mantel zurecht und den Schal enger, schlenderte auf der Promenade weiter bis zu den Treppen, die zum Strand hinunterführten –

Mit den für solche Gänge schlecht geeigneten Halbschuhen stapfte sie über die Unebenheiten des Sandes, atmete kräftig, labte die Lungen mit kostenloser Meerluft, übte, langsam schreitend, wieder einmal das bewusste Atmen, kämpfte sich weiter voran bis zum helleren, härteren, weitflächigen Sandboden, auf dem nur wenige Spaziergänger längs des Wassers unterwegs waren, hier konnte sie das Wellenspiel besser beobachten als von der Promenade oben, es herrschte nicht Flut, es herrschte nicht Ebbe, irgendeine Phase dazwischen, sie kannte die Gezeitenfolge dieser Tage in Scheveningen nicht, sie war nur ein Gast hier –

Sie versuchte sich die Bilder einzuprägen, wie die graugrünen Wassermassen sich hoben, hochreckten und aufschaukelten, Kämme und Wasserkronen hochwehten, sich neigten und kippten, wie die gar nicht so hohen Wellen stürzten und schäumten und abflachten und sich zu neuen, aus der Unerschöpflichkeit der Meere gespeisten, dem Ufer entgegenrollenden Wasserbänken formten und türmten –

Wie zum ersten Mal bestaunte Marie das Wellenspiel, das kannte sie nur aus Filmen, aus Büchern, aus Erzählungen des Vaters, sie war ein Kind der Ostsee und, wenn man Hamburg nicht zählte, nie an der Nordsee gewesen, der Krieg und der Nachkrieg und dann das schmale Familiengeld hatten ihr solche Reisen nicht erlaubt, sie kannte nicht die tosende, nur die flüsternde, die halblaut schmatzende, die plätschernde See vor der Haustür Heiligendamm, nicht weit von der Doberaner Bismarckstraße –

Das Meer war das Element ihres Vaters gewesen, des kleinen Kapitäns, der in den U-Booten des Ersten Weltkriegs in der Nordsee, der Ostsee und vor allem im Mittelmeer herumgefahren und beim großen Schiffeversenken beteiligt gewesen war, beim Wettkampf des Zählens von versenkten Bruttoregistertonnen, von vernichteten oder schwer beschädigten Schiffen der Feinde, der kleine Kapitän, der die Tonnen, aber nicht die Matrosen und Passagiere gezählt hatte, die nach seinem Befehl oder mit seinem Zutun in den Wellen versunken waren –

Die wilden Meere, die Totenmeere, die Kriegsmeere blieben der Tochter unheimlich und fremd, sie überlegte, ob der Vater mit den Torpedos in seinen U-Booten durch den von England gesperrten Ärmelkanal, also vielleicht an Scheveningen vorbei, in den Atlantik vorgestoßen war, eine nutzlose Überlegung, sehr unwahrscheinlich, nur eine Phantasie, ausgelöst durch die Schiffe in der Ferne, den Katzensprung nach England hinüber –

Sie nahm sich vor, das zu Hause nachzulesen, der alte Kapitän hatte vor kurzem seine Lebenserinnungen aufgeschrieben für seine Kinder und Enkel, sie hatte die sofort und begierig durchstöbert und auch da gleich einen heimlichen Plan gefasst: welch eine Liebesgeschichte mit gereimten, im U-Boot geschriebenen Liebesgedichten für die schöne Generalstochter mitten im fürchterlichsten Krieg, auch diese Geschichte von Mutter und Vater wollte geschrieben werden, auch die verlangte nach ihr –

In diesem Moment, nahe den mächtigen Wellen stehend, kräftigen Wind auf der Gesichtshaut, langsam atmend, packte sie ein kurzes Heimweh nach ihren mecklenburgischen Orten, nach dem Elternhaus in Bad Doberan, nach der Fahrradstrecke von der Haustür, von der Bismarckstraße hinunter zum Strand von Heiligendamm, wieder kamen sie hoch, die Erinnerungen an die Kindheits-Ostsee, Familienausflüge, Strandfotos, an den Nachmittag, als sie überlegt hatte, ob sie dem Lächeln des Reinhard von Mollnitz nachgeben sollte mit der Aussicht auf eine Verlobung, die Lebensentscheidung von Heiligendamm, das sie seit fünfundzwanzig Jahren nicht mehr gesehen hatte, ihr Stück Ostsee unerreichbar in der unerreichbaren Ostzone –

Aber sie mochte sich nicht im Heimweh verlieren, nicht als Vertriebene jammern, nicht undankbar sein, dafür konnte sie heutzutage jedes Ziel im Westen erreichen, das war nur noch eine Geldfrage, einfach von Frankfurt nach Den Haag fahren, in wenigen Stunden den Rhein entlang und über Köln und Amsterdam oder Rotterdam an die Nordsee, an der Grenze genügte der Personalausweis, und schon war man im Ausland –

Bei den freundlichen Holländern in einer kleinen Pension am Bahnhof in Den Haag, eine Straßenbahnfahrt bis ins noble Scheveningen, und sie durfte sogar, nach artiger Voranmeldung und förmlich bestätigter Erlaubnis, das Königliche Archiv betreten, um nach alten Verwandten zu forschen, den Vorfahren des Vaters, des Korvettenkapitäns a. D. mit den königlich niederländischen Blutstropfen –

Es dämmerte, sie wandte sich ab vom Schauspiel der Wellen, nahm die langgestreckte Seepromenade oder den Boulevard, auf den sie nun zuging, genauer in den Blick, nur das Kurhaus fiel mit prächtiger, verblasster Schönheit auf, ansehnliche Häuser waren in der Minderzahl, zu viele Neubauten, Reklametafeln und Leuchtschriften störten das alte Gefüge, scheußlich moderne Hotelkisten, eines königlichen Badeorts unwürdig –

Sie stakte über lockeren Sand, verwundert, dass ihr ein so deutliches Wort wie scheußlich an diesem keineswegs hässlichen, aber irgendwie entstellten Ort in den Sinn gekommen war, vielleicht war das zu hart, sie wollte sich nicht mit Urteilen aufspielen, sie war nur Gast hier, sie wusste ja nicht einmal, ob Scheveningen noch ein königlicher Badeort war, ob Königin Juliana sich hier noch ins Wasser begab mit ihrer Familie –

Diese Küste fand sie vollgestopft, vollgebaut, zugebaut, kommerziell, als wäre die alte mondäne Welt schon ganz vom Massentourismus zur Seite gedrängt worden, aber sie musste aufpassen mit vorlauter Kritik, in deutschen Seebädern sah es bestimmt nicht schöner aus, sie sollte dankbar sein, sagte sie sich, die Füße auf diesen Sand, auf diese Promenade setzen zu können, sie durfte nicht alles vergleichen, mit Heiligendamm von früher schon gar nicht, und nicht diese endsechziger Jahre mit den dreißiger Jahren einer anderen Welt –

Auch in geheimen Gedanken wollte sie nicht undankbar sein gegenüber den Holländern, die sie mochte wegen der niedlichen Sprache und der Kaffeestuben und Radfahrer, die gemächlichen, die friedfertigen Holländer, denen sie sich verwandt fühlte über Willem den Ersten, den sie als ihren Ururgroßvater bezeichnen konnte –

Mit Fug und Recht, wie ihr der heutige Tag im Archiv wieder bewiesen hatte, dreimal Ur, das war eine direkte und ziemlich nahe Verwandtschaft, aber mit dieser Herkunft wollte sie gar nicht prahlen, die fand sie eher amüsant, ein königlicher Seitensprung in Berlin, außerdem war jede Adelsfamilie mit irgendeinem König verwandt und mit Karl dem Großen sowieso, von dem meinte jeder abzustammen, der einen längeren Stammbaum vorzeigen konnte, auch sie hatte solch eine lückenlose maschinengetippte Linie von ihrer Mutter aufwärts bis zum großen Karl in einer Schublade liegen –

Zurück auf dem Boulevard oder der Promenade, entdeckte sie einen Gedenkstein für Willem, und was da stand, konnte sie ohne Wörterbuch übersetzen, Willem hatte, noch als Prinz von Oranien und Statthalter, nach seinem Exil in England an diesem Strand, im Fischerdorf Scheveningen, seinen Fuß wieder auf niederländischen Boden gesetzt am 30. November 1813, bevor er 1815 König wurde –

Auf diesem Sand war Willem einst an Land gegangen, bejubelt, in Stiefeln wahrscheinlich, auf diesem Sand war sie nun gegangen, still, in Halbschuhen, die Enkelin mit drei Ur-Silben, die den leichten Ärger unterdrückte, dass auf dem Gedenkstein vom langen Exil in Preußen nicht die Rede war, nur vom sehr kurzen in England, und mit dem Vorsatz, nicht kleinlich, nicht besserwisserisch sein zu wollen, schlenderte sie weiter –

Zwei Möwen schwebten über ihr, und sofort blitzte der Gedanke auf, die kacken, die werden mir doch jetzt nicht auf den Hut kacken, die Willems-Möwen, doch sie kippten höhnisch keckernd davon, Marie musterte die wenigen Passanten und verneigte sich innerlich mit andächtigem Respekt vor dem Meer oder vor dem König, sie wusste es nicht, die Verneigung ein unabsichtlicher Ausdruck ihres Glücks, der Freiheit, endlich das anzufangen, was sie wollte –

Dabei wurde ihr Blick auf ein junges Paar gelenkt, das sich auffällig heftig küsste, heftiger als man das in der Öffentlichkeit tat, der junge Mann trug fast so langes Haar wie seine Freundin, beide in schlampigen langen Mänteln, Gammler sagte man in Frankfurt, und die Beobachterin verlangsamte, ohne es zu wollen, ihre Schritte und nahm im schüchternen Seitenblick die züngelnden Küsse des Paares wahr, das Spiel der Zungenspitzen –

Marie meinte im Vorübergehen die Hand des jungen Langhaarigen auf einer Brust der Freundin und deren Unterarm an seinem Schritt gesehen zu haben unter den halbgeöffneten Mänteln, die beiden lachten laut, als sie ihr Spiel kurz unterbrachen, sie fand das abstoßend und zugleich erregend, weil die beiden so frech, so fröhlich wirkten in ihrer Schamlosigkeit –

Sie sah weg, ging wieder schneller, wollte in ihre Pension zurück, die Dämmerung hatte sich verstärkt zu dunklerem Grau, und ehe sie in die Straße zur Haltestelle einbog, drehte sie sich noch einmal um, sie beneidete das Paar, das immer noch eng beieinanderstand, das Sekundenbild der spielenden Zungenspitzen vor dem Hintergrund der Nordseewellen würde so bald nicht verlöschen, das spürte sie, als sie mit der Straßenbahn ins Zentrum von Den Haag zurückfuhr –

Am Bahnhofskiosk näherte sie sich den übereinander festgeklemmten deutschen Zeitungen, Präsident Nixon vereidigt, meldete das vertraute Frankfurter Blatt, andere Überschriften berichteten von anhaltenden Unruhen nach der Selbstverbrennung eines Studenten auf dem Wenzelsplatz in Prag vor einigen Tagen, und obwohl die Tat des tschechischen Studenten sie heftig bewegt hatte, kaufte sie keine der Zeitungen, die waren zu teuer, da gab sie die wertvollen Gulden lieber für ein zweites der köstlichen Fischbrötchen aus, für das Abendessen, und suchte, weil sie kein Geld mehr ausgeben mochte, bald die Pension auf –

An einem Tischchen in ihrem schmalen Zimmer mit schmucken alten Möbeln aß sie die Brötchen, wusch gründlich die Hände, bis kein Finger mehr nach Fisch roch, und blätterte die Aufzeichnungen durch, die sie den Tag über im Königlichen Hausarchiv gemacht hatte, sie ärgerte sich schon nicht mehr, dass sie alles in schneller Handschrift hatte notieren müssen und dass man ihr nicht erlauben wollte, Fotokopien fertigen zu lassen, obwohl es im Archiv diese wunderbaren neuen Apparate gab, auf die man ein Blatt eines Originals legen und in zehn Sekunden eine perfekte Kopie in der Hand halten konnte –

Diese Apparate hatte es vor sechs Jahren in Neuwied noch nicht gegeben, als ihr Vater und sie zum ersten Mal Einblick in das Material erhalten hatten, damals musste man umständliche fotografische Ablichtungen erbitten und teuer bezahlen, die Kopie des Taufbuchs von 1812 der Wilhelmine, später Minna genannt, mit den Namen des Vaters von Dietz, des getarnten Oranierprinzen, und der Mutter Marie Hoffmann, zum Zweiten die Kopie eines Briefs der verlassenen Frau Hoffmann an den Alimente zahlenden König Willem, drittens ein Auszug aus dem Testament des Königs, in dem er Minna, geboren von Marie Hoffmann, fast so reich bedacht hatte wie seine legitime Tochter, die Prinzessin Marianne –

Wie einfach könnte die Arbeit sein, wenn die königlichen Archivleute ihr den Zugang zur Xeroxmaschine gestattet hätten, aber sie wollten es ihr nicht einfach machen, das spürte sie durch alle Höflichkeit, mit der man ihr begegnete, und sie hatte beschlossen, sich darüber nicht mehr zu ärgern, viel wichtiger war, dass sie nach dreißig Wartejahren endlich zum richtigen Schreiben kam und die Zeit als Tippse von Doktorarbeiten aufhörte und mit der Schreibmaschine ein neues Leben beginnen konnte –

Sie blätterte die handschriftlichen Seiten durch, sie war zufrieden, da war Stoff, da war Drama, da waren historisches Flair und zeitlose Liebeskraft, schon damals nach der Entdeckung von Neuwied hatte sie anfangen wollen, aber jetzt erst konnte sie loslegen, dank Reinhards Gehaltserhöhung und der Erbschaft von zweitausend Mark –

Und sah gleich drei neue Bücher vor sich mit dem Namen Marie von Schabow, von den ersten kleinen Veröffentlichungen an hatte sie ihren Mädchennamen beibehalten bis hin zur vielbeachteten Biographie ihrer einstigen Lehrerin Thadden, als Autorin hatte Marie immer eine Schabow, eine Schabow-Tochter bleiben wollen, während Reinhards Name, auch von gutem alten Adelsklang, für die Ehefrau und vierfache Mutter reserviert blieb, nun sollte Marie von Schabow endlich sichtbarer werden als Marie von Mollnitz –

Nach und nach spürte sie Anflüge von Freiheit und Lockerung ihrer Kräfte, selbst in dem plüschigen, schmalen Pensionszimmer konnte sie die Phantasie anwerfen und Stichworte für einen ersten Entwurf notieren: Staatsoper Unter den Linden, abends, Bühneneingang, der Prinz von Oranien, Statthalter der Niederlande im Exil in Berlin, wartet auf seine Geliebte, die Tänzerin Marie Hoffmann –

Sie skizzierte so fort, wagte auch das Stichwort züngelnde Küsse, es ging ihr leicht von der Hand, bei der Biographie war sie noch ganz hinter ihre Vorbildfigur Thadden zurückgetreten, nun beim Roman durfte sie sich endlich entfalten, sie schrieb, bis sie müde wurde, sich schlafen legte, die Nachttischlampe ausknipste und sich die Szene mit Marie und Willem weiter ausmalte, nicht mehr aufhören mochte und ihre Phantasie weit hinausfliegen ließ über das, was sie in einer Liebesgeschichte hätte schreiben dürfen –

Schweißnass wachte sie auf, sich aus dem Turm eines U-Boots windend, in dem sie eingezwängt gewesen war, in stickiger Enge, in Atempanik, in öliger Luft, zwischen lauter Matrosen, von denen keiner bemerkt hatte, dass in ihrer Uniform eine Frau verborgen war, auch ihr Vater nicht, dem sie hatte helfen wollen in seiner Not, dem Kapitän, der von einer Stunde zur andern nicht mehr der Admiralität, sondern dem Matrosenrat zu gehorchen hatte mit dem Befehl, den roten Wimpel zu setzen und nach Kiel zu fahren im November 1918, Waffenstillstand, Revolution, die rote Fahne, wie klein auch immer, ging gegen Eid und Ehre eines deutschen Offiziers, ein Kampf um Leben und Tod im U-Boot, die Mannschaft gegen den Kapitän, da half kein Torpedo –

Schon lange hatte sie nicht mehr von ihrem Vater geträumt, dessen Geschichten sie mit sich herumtrug, offenbar hatten die Wellen der Nordsee den Traum angeregt, die Aussicht von der Bank in Scheveningen auf das Meer bis tief in die U-Boote des Ersten Weltkriegs hinein, wo sie es keine fünf Minuten ausgehalten hätte, in der Enge einer solchen Zigarre aus Stahl, in der man entweder ersticken oder ersaufen musste, allein dafür hätte der Vater Bewunderung verdient, dass er das ausgehalten hatte fast drei Jahre, zuerst als Wachoffizier, dann als Kommandant, Oberleutnant zur See in mehreren solcher schwimmenden, lärmenden, stählernen Gefängnisse, zusammengenieteten Gefängnisschläuche –

Das wollte sie sich einmal in allen Einzelheiten von ihm beschreiben lassen, das fürchterliche und gefahrvolle Leben in solchen tauchfähigen, bewohnbaren Kanonen, die Hälfte der U-Bootmänner war untergegangen im Laufe des Krieges, aber sie mochte jetzt am frühen Morgen in einem holländischen Pensionsbett nicht an den kleinen Kapitän und seine zweifelhaften Leistungen denken, wollte ihn abschütteln, den allgegenwärtigen Alten, er war schon wieder präsent wie gestern in Scheveningen, er mischte sich ständig ein in ihre Gedanken, Pläne, Träume –

Sogar in das Wohlbehagen des Frühstücks, das hier Ontbijt hieß, mit duftendem Kaffee, der hier Koffie hieß, und frischen Brötchen, die hier Kadetjes hießen, das fand sie lustig, das musste sie dem Vater erzählen, dem alten

Kadetten, der mit zehn Jahren stolz die Uniform der Kindersoldaten angezogen und das Gehorchen gelernt hatte, achtzehn Jahre mit ungebrochenem Stolz des Kaisers Rock getragen, und am Ende als U-Boot-Kommandant fast vor einem Fetzen Stoff kapituliert, herrlich schmeckten sie, die Kadetjes, so viel Humor hatte der Alte, dass er mitlachen würde über die Brötchen, der Kadett mit seinen beinah achtzig Jahren, er lachte viel, der strenge Familienkapitän –

Er wird achtzig, dachte sie, ich muss mir das endlich klarmachen, er wird mir, er wird uns bald entschwinden, ich kenne sein Weltbild, sein etwas einfach gestricktes Weltbild, sein geschlossenes Raster von Gut und Böse, Kaiser und Chaos, Jesus und Teufel, seine Warnungen vor dem Zeitgeist und der dämonischen Macht der Sexualität, was gärt da in ihm, ich höre ständig seine Stimme, seine Gewissensstimme, aber was ist mit seinen düsteren, seinen vom Krieg geschlagenen Seelenwunden, was ist mit dem großen Tabu, mit seiner in die Anstalt gesperrten Mutter, meiner versteckten, verschwiegenen Großmutter –

So viele Rätsel bot der Vater noch, so viele weiße Flecken in seinen sorgfältig formulierten Erinnerungen, und bei diesem holländischen Frühstück war die Idee nicht mehr abzuwimmeln, sich schreibend auf den Vater, die Eltern und ihre Liebesgeschichte einzulassen, auf die Liebe des Kapitäns und seine Lähmung, nachdem der Kaiser abgedankt hatte, auf seine Bekehrung, nachdem er von der Lähmung geheilt war, auf seine Erweckung als Prediger und Kurgastmissionar, nachdem die eiserne Zeit der Befehle vorbei war und Vater und Mutter in den Himmel schauten und ihr Leben Gott zur Verfügung stellten und ihm alles überließen, wie sie sagten –

Es war ihr dritter, ihr letzter Arbeitstag, auf dem Weg von der Pension zum Archiv festigte sich der Plan, möglichst bald nach dem Minna-Projekt aus den Lebenserinnerungen des Vaters dessen Lebensroman oder Liebesroman zu formen, pünktlich um acht Uhr dreißig schritt sie durch den winterlich streng gescheitelten Garten des Schlosses Nordeinde und fühlte sich wie von königlicher Huld empfangen –

Vor dem Eingang des Huisarchief zögerte sie einen Moment, als müsse sie den eigenen Arbeitsauftrag überdenken, klingelte dann doch, wurde eingelassen, freundlich begrüßt und in den Lesesaal geleitet, wo der sie betreuende Archivar Uebbels das vorbestellte Material schon auf den Tisch gestapelt hatte –

Es ging um das Gut Dobbin in Mecklenburg, das die mit dem edlen Namen Gräfin Wilhelmine von Dietz und mit reichem Erbe ausgestattete uneheliche Tochter des Königs und der Tänzerin erhalten hatte, ein Vermögen, das nach ihrer Hochzeit mit einem Carl von Jasmund wie damals üblich in einen großen landwirtschaftlichen Gutsbetrieb investiert wurde –

Da lagen nun Kaufverträge, Bürgschaftsverpflichtungen, Pachtverträge, Inventarlisten, Berichte über neugebaute Ställe, Scheunen, Umbauten im Gutshaus, Belege über Taler und Gulden, Hypotheken, Restschulden und angewiesene Kapitalien, immer wieder erstaunliche Summen, die aus Den Haag über Berliner Bankhäuser nach Dobbin geflossen waren, es war nicht einfach, diese Vorgänge zusammenfassend festzuhalten, obwohl das meiste auf Deutsch, nur weniges niederländisch abgefasst war –

Jetzt grollte sie doch wieder über das Kopierverbot, in einem Nebenzimmer hatte sie diesen Xeroxapparat stehen sehen, den man ihr nicht gönnte, und so schrieb sie und schrieb, kritzelte die verschiedenen Summen mit mehreren Nullen in ihren Notizblock, es war zu viel, sie musste sich sehr konzentrieren, notierte immer flüchtiger, was sie las und was sie verstand oder später mit mehr Ruhe zu verstehen hoffte, es war schwer, als juristisch Ungebildete und in Geschäften Unerfahrene die vielen ordentlich gebündelten Papiere halbwegs zu durchschauen –

Selbst sie mit einiger Kenntnis der betreffenden Stammbäume fand es nicht leicht, den familiären Überblick zu behalten, da Minnas Ehemann ebenso wie ihr Schwiegervater und wie ihr Sohn den Namen Carl trugen, drei Carl von Jasmunds in direkter Folge, die alle mit diesem Gut zu tun hatten, was nach Lage der Akten nur den einen eindeutigen Schluss zuließ, wie reich die Voreltern des Vaters einst gewesen waren dank des holländischen Königs, Millionäre wahrscheinlich, wenn man das heute in Mark umrechnete und diesen ordinären Begriff benutzen wollte –

Hitzewellen ergriffen ihren Körper, müde wurde sie der vielen Zahlen und Geschäftsbegriffe, immer aufgeregter machte sie die Ahnung vom verflossenen Wohlstand der Familie, in zwei Generationen, von Minnas Mann und Minnas Sohn alles verwirtschaftet, sodass Minnas Enkelin und Maries Großmutter Elisabeth von Jasmund keine nennenswerte Mitgift mehr in die Ehe mit Paul von Schabow brachte und in die Armut stürzte, Marie mochte der von den Vorfahren verspielten Möglichkeit, einer vermögenden Familie zu entstammen, nicht nachweinen, sie dachte nicht an sich, aber sie sah ihre Großeltern plötzlich in neuem Licht –

Sah den Großvater Paul auf dem Pferd vor seinem Gut, sah den Blitzschlag, der das Pferd scheuen ließ, sah das Pferd seinen Herrn zu Boden werfen, sah den Verletzten mit gebrochenen Wirbeln im Rollstuhl sitzen und mit der Arbeit nicht fertig werden, den tüchtigen Gutsherrn sein verschuldetes Gut verkaufen, das nicht mehr zu halten war, weil er vielen seiner Geschwister regelmäßig hohe Summen auszuzahlen hatte und weil die Lage für die deutsche Landwirtschaft um die Jahrhundertwende immer schwieriger wurde, sah ihn alle Schuldner bis zum letzten Büdner auszahlen und am Ende nichts für sich und die Familie behalten, sah ihn stöhnen und sterben im Rollstuhl mit achtundvierzig Jahren –

Sah ihren Vater als Knaben, klein geraten und eifersüchtig auf die Kadettenuniform des älteren Bruders, mit zehn Jahren ebenfalls die Uniform anziehen und damit seinen Eltern nicht mehr als Esser zur Last fallend, mit elf vaterlos, und die Mutter weit weg in Warnemünde immer ratloser, wie sie fünf Kinder durchbringen sollte –

Sie sah diese Frau, die sie nur von zwei Fotos kannte, ihre Großmutter Elisabeth Schabow geborene Jasmund, die nicht wusste, dass sie Enkelin einer Königstochter war, eine umsichtige, fleißige Gutsfrau, nach dem Tod ihres Mannes verzweifelt und in die Armut gestoßen, angewiesen auf die milden Gaben der Verwandtschaft, die nicht aufhören konnte zu weinen und zu klagen, hieß es, bis die Ärzte sie, zur Beruhigung ihrer Seele, in der Anstalt Gehlsheim bei Rostock behielten zwanzig Jahre lang bis zu ihrem Tod und von Besuchen ihrer Kinder und Verwandten ausdrücklich abrieten –

Sah den Vaterknaben in Uniform, als die Familie sich auflöste und seine beiden Schwestern zu Verwandten gegeben wurden, sah den schmalen Hans und seine beiden Kadetten-Brüder beim Vormund Onkel Friedrich und bei Tante Irmgard unterkriechen, herzensgute Leute, zu denen die Waisen bald Vater und Mam sagen durften auf Gut Vietgest bei Güstrow, wo der Onkelvater die mecklenburgischen Güter des Fürsten Lippe verwaltete –

Das unnötige Leiden ihrer Großmutter in der Psychiatrie beschäftigte Marie immer wieder, Jahre später hatte ein Arzt zu einer Tante gesagt, Frau von Schabow sei eine ganz normale, lebenstüchtige Frau gewesen, die sich nach ihrer Trauerzeit auch wieder gut erholt hätte, wenn sie nur gut behandelt worden wäre, es sei eine Schande, was die Kollegen mit ihr gemacht hätten, ihre Krankheit sei am Ende nur die gewesen, dass sie als Herzogin angeredet werden wollte, die Frau, die vielleicht doch von dem wahren Gerücht verwirrt worden war, Enkelin einer Königstochter und Gräfin zu sein –

Von solch schweren, lästigen Bildern versuchte Marie sich abzulenken mit dem sinnlosen Abschreiben der Schusslisten aus dem Jahr 1901/02, als der Reichtum schon verloren, als Dobbin wieder in niederländischen Händen war, Spielplatz des mecklenburgischen Gemahls der Königin Wilhelmina, des Taugenichts Henrik –

Neben dem üblichen Hirschwild, Rehwild und Schwarzwild waren da aufgeführt 108 Hasen, 707 Kaninchen,

126 Fasane, 1 Wildgans, 97 Enten, 31 Sperber, 47 Wiesel, auch die geschossenen Sommermarder, Füchse, Bussarde, Elstern, Fischreiher und Katzen waren nicht vergessen, und es packte sie die traurige Poesie unsinniger Statistiken längst versunkener Jahre, was treibe ich da, fragte sie sich, ich will doch nicht, nachdem wir die Hungerjahre glücklich überstanden haben, mit diesen Fasanen und Enten der vergangenen Größe, den Reichtümern irgendwelcher Ureltern nachweinen –

Sie erschrak über das, was sie da tat, sinnlose Faktensammelei, sinnloser als Reinhards Briefmarkensammelei, sie durfte sich nicht in Jagdromantik verlieren, in Historiengemälden und Schlosskulissen, die Geschichte der Wilhelmine konnte warten, sie lag so tief in der Vergangenheit, in der Zeit der Monarchien, im frühen 19. Jahrhundert, da lag sie gut, es war viel wichtiger, dachte Marie kühn und klar, jetzt keine Zeit zu verlieren und sich den Lebenden, der näheren Gegenwart, dem Vater zu stellen, der vor allem der Armut wegen Kadett und später U-Boot-Kapitän und zu einem Propheten des Gehorsams geworden war –

Sie stand auf, holte den Mantel, sagte dem Pförtner, sie brauche eine Pause, und setzte sich auf die nächstbeste Bank im königlichen Park, um die neuen Überlegungen zu ordnen, die Stimmen zu sortieren, es war ihr ganz egal, was der Chor der Stimmen in Scheveningen ihr zugerufen, was die eigene Stimme gestern befohlen hatte, entscheidend war die Klarheit der inneren Stimme jetzt, in diesen Minuten: du darfst dich nicht unter Wert verkaufen mit einem gefälligen Historienroman, sei nicht so falsch bescheiden, du bist keine Anfängerin –

Sie fing nicht bei null an, das musste sie sich selbst immer wieder klarmachen, sie hatte ein beachtetes Buch veröffentlicht vor zwei Jahren, von der Presse gelobt, wer hatte schon eine positive Kritik der FAZ vorzuweisen, Marie von Schabow war aufgefallen mit ihrer Biographie der Pädagogin Elisabeth von Thadden, der konservativen Frauenrechtlerin, die bei Heidelberg ein Internat aufgebaut und geleitet hatte, bis sie von den Nazis verjagt und in einer Teerunde von Freunden und Regimegegnern, noch vor dem 20. Juli, zu deutlich geworden und von einem Spitzel verraten und nach Freislers Urteil hingerichtet worden war im September Vierundvierzig –

Ihr Vorbild und 1936/37 ihre Lehrerin, eine offenherzige, lebenskluge, strenge, adelsbewusste Frau, die schon im Ersten Weltkrieg erkannt hatte, dass zuerst die Konservativen sich wandeln müssten, die Christen sollten sich den großen sozialen Fragen stellen, vor allem sollten die Frauen in den Vordergrund treten, beharrlich ermuntert und gefördert werden, Erziehung zur Verantwortung bis hin zum Widerspruch sei das Beste, was man der Jugend geben könne, alles wieder aktuell in diesen tumultwilden endsechziger Zeiten –

Die eigensinnige, tüchtige Elisabeth von Thadden war in gewisser Weise dem Vater ähnlich, beide als energische Protestanten gegen die Nazis, die Frau deutlich mutiger und weitblickender und emanzipiert, wie man heute sagte, trotzdem gab es viele Berührungspunkte, das ging Marie erst jetzt auf, als sie auf der königlichen Parkbank saß, und im Sturm ihrer planerischen Gedanken schien es ihr endlich sonnenklar, dass dies der logische Weg von dem einen zum nächsten Buch sein müsse, von der Thadden zu Vater Schabow, jetzt wäre es an der Zeit, die jahrhunderttypische Lebensgeschichte des Vaters zu erzählen, genauer als er sie selbst erzählt hatte, und dabei herauszufinden, ob er mit seinen gelegentlich mutigen Auftritten als Mann der Bekennenden Kirche im weiteren Sinn zum Widerstand gehörte, was ihr angesichts der Thadden und der Stauffenberg-Männer viel zu viel Ehre schien –

Wie hatte er die Diktatur durchgestanden als trotziger Christenmensch und Hitler-Gegner und sentimentaler, deutschnationaler Hindenburg-Anhänger, diese Fragen wollten gestellt, diese Geschichten erzählt werden, mit welchen Kompromissen, Anpassungen, mit welchem Schweigen war das durchzuhalten, gerade heute für die rebellische Jugend, die sich so viel auf ihren sogenannten

Widerstand einbildete, für die Krawallstudenten, die für Marie etwas Bedrohliches, SA-mäßiges und mit den roten Fahnen zugleich etwas bedrohlich Russisches hatten und vielleicht noch erzogen werden konnten mit guten Beispielen, für die heutige Leserschaft waren die Erlebnisse des Vaters wichtiger als die Affäre eines Prinzen mit einer Tänzerin und die Folgen für die Familie von Schabow –

Es war zu kühl, um auf Parkbänken zu sitzen, aber Marie war so von ihrem neuen Entschluss, von ihrer Wendung berauscht, dass sie die Kälte nicht spürte, bis sie endlich aufstand und eine halbe Stunde durch den Palastgarten spazierte, dafür, dachte sie, bevor sie wieder an ihren Arbeitsplatz ging, dafür hat sich die Reise ins Koninklijk Huisarchief gelohnt, dass ein Traum, ein Schrecken im U-Boot mir den Weg zeigt, dass ich hier in Holland das richtige, das passende, mein notwendiges Thema finde, auch die Holländer wollen doch wissen, ob oder wie wir Nazis waren, aber nicht, mit welchen Berliner Frauen sich ein längst vergessener König herumgetrieben hat –

Auch ich, ich möchte das wissen, die künftigen Leser sollen mir erst mal egal sein, und ich möchte wissen, warum mir der Vater ständig in die Parade, ins Gewissen fährt, mit seiner Meinung, mit seiner Stimme sich Gehör verschaffen, mir die Strenge seines Bekennens diktieren will, dachte Marie, ich muss sofort anfangen, ihn zu befragen, die weißen Flecken auf seiner schaublauen Marineuniform erkunden, die Rätsel des schiffeversenkenden Christenmenschen, das Drama mit der Mutter –

Kurz vor der Schließzeit um 14 Uhr ließ der Direktor Paelinck sie rufen, erkundigte sich nach dem Fortgang ihrer Forschung, wollte mehr wissen über die weitere Familie, die Nachkommen des Königs und seiner unstandesgemäßen Berlinerin, die Nachkommen der Jasmunds und Schabows, ehe seine Stimme angestrengt höflich wurde: Sie erinnern sich, dass Sie sich schriftlich verpflichtet haben, ohne unsere Zustimmung nichts zu publizieren von dem Material oder über das Material, das Sie bei uns eingesehen haben –

Sie überlegte, ob sie ihren Schreibplan, den heimlichen, nun erst einmal zurückgestellten, verraten solle, sie hatte es im Zweifelsfall stets mit Offenheit versucht, und so gab sie zur Antwort, sie wisse das, sie werde sich daran halten, selbstverständlich, antwortete sie, aber mit einem Roman werde es ja wohl keine Schwierigkeiten geben –

Ein Satz, der den Direktor zu alarmieren schien, Romane erst recht, sagte er, Romane werden ja gelesen, was man von unsern historischen Zeitschriften nicht behaupten kann, da können wir ja gleich zur Klatschpresse gehen, lachte er und fügte mit ernstem Blick an: Romane über unsere Majestäten oder gar Liebesgeschichten, das sehen wir nicht so gern, das werden Sie verstehen, Frau von Schabow –

Sie verabschiedete sich, steckte ihre Papiere und Notizblöcke in die Handtasche, bedankte sich bei Herrn Uebbels und den anderen Angestellten für die Hilfe, ging hinaus, gierig nach frischer Luft, und je mehr sie sich vom Eingang des Huisarchief entfernte, desto lauter schepperten ihr die Worte, die mit liebenswürdigem niederländischen Akzent gesprochenen Worte durch den Kopf, Romane über unsere Majestäten sehen wir nicht so gern, das werden Sie verstehen –

Am Ende des Palastgartens ließ sie sich auf eine Bank fallen und wollte lachen, laut lachen, aber sie spürte Schmerzen in den Lenden, atmete kräftig, atmete tief und versuchte zwei Minuten zu entspannen, nein, es sind nicht die Launen der Wechseljahre, dass ich heute mein Thema gewechselt habe, sagte sie sich und kicherte in sich hinein, es trifft sich wunderbar, jetzt hab ich ein Alibi, den Wilhelminen-Roman zu vertagen, und könnte behaupten, das Archiv habe mir ein Roman-Verbot erteilt, Zensur des Hofes –

Jetzt kann ich mich auf das stürzen, was mir genauso wichtig ist, die Liebesgeschichte der Eltern und was daraus wurde, die Liebesgeschichtenerzählerin kooperiert mit der Widerstandserzählerin, ach, es ist herrlich, in aller Freiheit planen und arbeiten zu können, wie bin ich dem Vater dankbar, wie bin ich Herrn Paelinck dankbar, und ihr Holländer alle, die ihr Angst habt vor den Liebesgeschichten eurer Könige, ich liebe euch –

Für diesen, den dritten Nachmittag hatte sie sich das Museum Mauritshuis vorgenommen, nachdem sie am ersten holländischen Nachmittag in Delft gewesen war, im Prinsenhof und der Nieuwe Kerk mit dem Marmorgrabmal von Willem I., und am zweiten Tag in Scheveningen am Strand, jetzt standen die Rembrandts und Vermeers auf dem Programm, sie wollte, sie durfte sich nicht aus dem Takt bringen lassen, die Tage, die kostbaren Stunden in Holland mussten genutzt werden, morgen Amsterdam und von dort die Rückfahrt –

Sie zog den Stadtplan hervor, wählte den Weg, das Museum war zu Fuß zu erreichen, und ging los, während die Schmerzen in den Lenden nachließen, sie suchte sich abzulenken von all der Planerei und entschied, als sie an einem Poffertjes-Stand vorbeikam, eine ordentliche Portion der kleinen Pfannkuchen mit Sirup zu Mittag zu essen –

Es schmeckte nach Kindheit, nach Vergangenheit, der Sirup zog sie sofort in neue Erinnerungsrichtungen, in das hessische Dorf, in das Haus ihrer Schwester, das Pfarrhaus mit dem Waschkessel voll Rübensirup, mit dem Sirupkochen war die schlimmste Hungerzeit nach dem

Krieg überstanden, in der schwarzgoldnen, klebrigen Süße steckte ein tiefer Trost: wir sind noch einmal davongekommen, die Familie sammelt sich neu und stärkt sich am Sirup, Marie kostete die holländische Süße und befahl die Gedanken in die Gegenwart zurück, jetzt stand die Kunst, jetzt stand Rembrandt auf dem Programm –

Die Besucherin hielt sich in den Vorräumen des Museums, bei den frommen Bildern nicht lange auf, ließ Rubens und Ruisdael fast unbeachtet, war erfreut, in Den Haag auch Holbeins und Cranachs zu finden, stand vor einem Reiterbildnis und musste an Großvater Paul und den Blitz und das scheuende Pferd und den Rollstuhl denken, ehe sie des Längeren vor den Vermeers verweilte, vor dem Perlenmädchen und der Jagdgöttin Diana und der Stadtansicht von Delft, ohne sich von der ruhigen Sonntagszufriedenheit, der Sanftmut dieser Bilder einfangen zu lassen, denn ihr Ziel war der eine, der für sie der Größte war –

Rembrandt hatte sie als Schülerin in einem Band der *Blauen Bücher* kennengelernt, etwa dreißig seiner bekanntesten Gemälde waren da reproduziert, alle schwarzweiß, ergänzt von Beschreibungen der Maltechniken und Besonderheiten des Künstlers, einen Dürer- und einen Cranach-Band besaß sie ebenfalls, im Familienbücherschrank standen andere *Blaue Bücher* mit Uta von Naumburg, Bamberger Reiter, Gotischen Kirchen, Romanischen Kirchen, doch der Rembrandt hatte sie am meisten beschäftigt, die Achtzehnjährige hatte sich von der Tiefe der Porträts, der Uneindeutigkeit, der aus dem Dunkel entfalteten Kontraste dieser Figuren angezogen gefühlt, das Gegenteil der glatten, heldenhaften Gestalten der von der Partei geförderten Kunst –

In den fünfziger Jahren hatte sie angefangen, den Umrissen der ins Gedächtnis geprägten schwarzweißgrauen Bilder nach und nach die fehlenden Farben beizugeben, im Städel hatte sie damit angefangen, dann im Schloss Wilhelmshöhe in Kassel, immer wenn sie, was nicht oft vorkam, auf Reisen war, informierte sie sich, ob zum Beispiel in Mannheim oder München ein Rembrandt hing, und suchte, wenn sie den Eintrittspreis nicht leisten mochte, wenigstens auf Postkarten oder in den zum Blättern ausliegenden Katalogen ihre Vorstellung vom schwarzweißgrauen Rembrandt zu korrigieren –

Nun prüfte sie in den Rembrandt-Räumen erst einmal, welche Bilder sie aus ihrem Buch schon kannte und welche nicht, das Selbstporträt des alten Malers packte sie mehr als die berühmte *Anatomiestunde*, das Porträt eines anderen Alten mehr als *Susanna im Bade*, sie achtete besonders auf die Farben, die im *Blauen Buch* ausgespart waren, und versuchte, das eine oder andere Gemälde, das ihr Gedächtnis schwarzweiß gespeichert hatte, zu kolorieren –

Was sie nicht losließ, was sie immer wieder ansteuerte, war ein Bild, das sie nicht kannte, in kleinem Format ein lachender Mann, der mit Wuschelhaaren und unordentlichem Schnurrbart, mit offenem Mund, schiefen Zähnen und einem unverschämten Ausdruck breiten Lachens gar nichts Vornehmes, Herrenhaftes, Kunsternstes hatte, eher ein lachender Grobian mit hochgezogenen Brauen und halbzugekniffenen Augen, in denen Marie zu ihrer eigenen Überraschung die beim Lachen hochgezogenen Brauen und halbzugekniffenen Augen ihres Vaters erkannte, wenn der seinen verschmitzten Blick aufsetzte, obwohl der korrekt gescheitelte Anzugträger sonst kaum Ähnlichkeiten mit dem Abgebildeten zu haben schien –

Nur zwölf mal fünfzehn Zentimeter, auf eine Kupferplatte gemalt um 1630, ein ansteckendes Lachen eines seltsamen Kerls, der einen breiten eisernen Kragenring, den oberen Teil eines Brustpanzers, trug, ein Militär also, ein wilder oder origineller Offizier zu Zeiten des Dreißigjährigen Krieges, und so ging Marie immer wieder nah heran, angezogen von der bei aller Unähnlichkeit des Gesichts so deutlichen Augenähnlichkeit mit dem kleinen Kapitän, etwas Listiges, Schelmisches zeichnete auch den alten Strengian und Oberleutnant zur See aus, der manchmal minutenlang in seiner unsichtbaren Rüstung verharrte, keine Regung zeigte und dann eine besonders witzige Bemerkung abließ und gerne mitlachte –

Als sie die Treppen hinabgestiegen war und ihren Mantel holen wollte, fiel ihr Blick, die Garderobenmarke schon in der Hand, auf die Nummer, die 90, das war der Jahrgang des Vaters, das war der Wink, der zweite Wink in diesem Museum, und ohne darüber nachzudenken, steckte sie die Marke wieder in die Tasche, stieg die Stufen wieder hinauf, viele Besucher gab es an diesem Nachmittag nicht, lief rückwärts durch das Museum und zurück in die Rembrandt-Räume –

Sie wollte eine Beobachtung überprüfen, den eisernen breiten Kragenring noch einmal gründlicher mustern, der schien der Teil einer Rüstung zu sein, es kam ihr so vor, als erleichtere der Schutz der Rüstung das Lachen, auch der kleine Kapitän trug eine Rüstung, hatte seine Rüstungen getragen als Kadett, als Kommandant die Rüstung des Kaisers und danach fast von einem Tag zum andern als Kirchenmann die unsichtbare Rüstung seines Glaubens, die ihn unverwundbar zu machen schien und an der die bösen Geschosse des Lebens abprallten –

Lange schaute sie dem lachenden Mann in die Augen, lachte leise zurück, fast hätte sie ihm die Zunge herausgestreckt, ehe sie lässigen Schritts wieder zum *Uitgang* kam, die Garderobenmarke gegen Mantel und Hut tauschte, im Vorhof eine Tafel entdeckte, auf der König Willem für die Gründung des Museums gedankt wurde, dem guten Uropa, und schräg gegenüber vom Mauritshuis ein Café, eine schmucke Kaffeestube ansteuerte, um durchzuatmen, nachzudenken und ihre Pläne zu ordnen –

Vor jedem Schluck roch sie an dem wunderbaren holländischen Kaffee, zu dem sie einen Appelbollen aß, sie lehnte sich zurück, fühlte sich wohl in dieser blitzsauberen Gemütlichkeit zwischen Teppichen auf dem Boden und Teppichen an der Wand, wie gut geht es dir, Marie, der vierte Tag Pause von Familienpflichten, schon fühlst du dich als freier Mensch, jeden Tag ein Stündchen irgendwo in einem gemütlichen kleinen Café im Ausland, schon bist du eine freie Frau, kaum wühlst du dich durch einen Haufen Archivpapiere, schon spürst du zwei, drei Bücher in dir wachsen –

Sie neigte nur selten zu spontanen Entscheidungen, die dann oft von Zweifeln begleitet waren, aber nun, fern der Familie, fern der gewohnten Umgebung, merkte sie, dass sie immer heiterer und sicherer dabei wurde, richtig entschieden zu haben, der Eingebung des Traums und dem Entschluss zur Vatergeschichte zu folgen, weil alles in ihrem Innern oder im Unterbewusstsein, wie man heutzutage sagte, schon vorentschieden war –

Nun trugen sogar die Holländer dazu bei und bestärkten sie, die Scheveninger Promenade und das Pensionsbett lieferten den passenden Traum, der mahnende Archivdirektor, die Garderobenmarke, der lachende Krieger, alles bestätigte ihr, dass sie auf dem richtigen Weg war –

Schon lange hatte sie die Liebesgeschichte der Eltern mit sich herumgetragen, immer mal wieder erwogen und zur Seite gelegt, nun, in dem Café mit viel Kachel- und Porzellanschmuck, ihren feinen Koffie trinkend und der Süße des Apfels nachschmeckend, hatte sie endlich die Kraft dazu, war ihres neuen Anfangs sicher, nach den Jahren als Pech-Marie müsste nun die Zeit der Glücks-Marie folgen –

Reinhards Gehaltserhöhung und die kleine Erbschaft waren Glück, das Ende des Tippens von Doktorarbeiten war Glück, zwei oder drei Stoffe zu haben war Glück, alles andere lag jetzt bei ihr und ihrer Disziplin, jetzt konnte, jetzt musste sie loslegen, mit der Geschichte aus dem Ersten Weltkrieg –

Danach die eigene Jugend mit den kleinen Widerständen, als sie in den Bund Deutscher Mädel gezwungen wurde und sich dort wohlfühlte und aufstieg im Gau, nur die Hetze gegen die Kirche und gegen die Juden nicht hinnahm und mit protestantischem Protest beantwortete, die immer wiederkehrende Schwierigkeit, nein zu sagen oder im richtigen Moment ja zu sagen, dies Thema fesselte sie am meisten, man durfte sich von falschen Verboten nicht einschüchtern lassen, das hatte sie vom Vater gelernt und von ihrer hingerichteten Lehrerin Thadden –

Auf dem Hintergrund ihrer Jugendkonflikte zwischen Hakenkreuz und Christenkreuz die eigene, die Kriegsliebe zum zarten Gutsbesitzersohn Reinhard, die Liebesgeschichte aus dem Zweiten Weltkrieg, und vielleicht danach irgendwann zu König Willem und seiner Berlinerin und deren Tochter Minna zurückgehen, der Liebesgeschichte aus den napoleonischen Kriegen, das Verbot der königlich holländischen Sittenwächter einfach ignorierend, was sollte schon passieren, Gefängnis wird es dafür nicht geben –

Drei mögliche Antworten auf die Fragen hinter dem großen Wort Liebe, auf das, was nicht in Begriffen zu definieren war, gerade das Undefinierte, die Neugier, die Fragen drängten sie zum Erzählen, sie spürte, dass sie genug von der Welt wusste und viel von dem Wissen der Vorfahren in tiefster Seele mit sich trug, um allmählich mit größeren Aufgaben beginnen zu können –

Drei Liebesgeschichten, eine Trilogie, dachte sie wie im Rausch und nahm sich vor, nicht übermütig zu werden und solche Gedanken wegzuzwingen, seit der späten Schulzeit träumte sie davon, Romane zu schreiben, der Krieg hatte solche Pläne nicht erlaubt, das Studium noch weniger und die Umschulung zur Landwirtin, weil der

Verlobte Reinhard ein Gut pachten wollte und nur eine ausgebildete Gutsfrau oder Landwirtin heiraten durfte –

Heirat, Krieg, das Überleben, das Warten auf das Ende, das Kind, die Russen, die Not, die Schwärze der Zukunft, der Umzug in den Westen, Nachkrieg, die andere Not, das fünfjährige Warten auf den in Russland gefangenen Mann, der neue Anfang, drei Kinder zu dem Ältesten dazu, da konnten keine Romane entstehen, immerhin, mit größter Disziplin, in den mühvollen sechziger Jahren die Biographie, jetzt erst konnte das alte Ziel wieder angepeilt, der Traum angepackt werden –

Zum Glück, dachte sie, hatte sie mit der Thadden-Biographie sich selbst und andern schon bewiesen, schreiben, ja gut schreiben zu können, wie einige Rezensenten gemeint hatten, zum Glück hatte sie bewiesen, der schwierigen Materie Widerstand, Krieg, konservativer Widerspruchsgeist gewachsen zu sein und sich einfühlen zu können in andere –

Sie sah auf die Uhr, nahm einen zweiten Kaffee, es schien ihr nun alles geklärt, sie hatte erforscht, was sie erforschen wollte, sie hatte besichtigt, was sie besichtigen wollte, sie hatte ihre Pläne für die nächsten Jahre im Kopf, jetzt konnte sie sich zurücklehnen und die Dunkelheit draußen abwarten und zufrieden die offensichtliche Zufriedenheit der Holländer beobachten und die Leute an den

Nachbartischen als Beispiel nehmen, die ihr selbstsicherer und heiterer schienen als vergleichbare kaffeetrinkende Deutsche in Frankfurter Cafés mit den Zwangskännchen und den Kuchennummern –

Die holländischen Verwandten, dachte sie, wir sind wirklich sehr verwandt und ähnlich und durch und durch europäisch, aber wenn du die Wahl hättest, lieber Holländerin oder Deutsche, wenn du befreit sein könntest von dem ganzen Dreck der Geschichte, von den Folgen der deutschen Eroberungssucht, Herrschsucht und Prinzipienreiterei, von Last und Schuld und Schicksal, wäre es dir lieber gewesen, wenn die illegitime Tochter Willems, die Ururgroßmutter Minna, in den Niederlanden aufgezogen worden wäre, wie es einmal geplant und dann verworfen war, und hier verheiratet und so weiter –

Völlig andere Stammbäume, völliges Durcheinander in der großen Lostrommel der Vorfahren, der Was-wäre-wenn-Möglichkeiten, dieser Gedanke durfte ja mal durchgespielt werden in aller nachbarlichen Gemütlichkeit, könnte Marie von Schabow mit ein paar Tropfen Oranierblut nicht auch herumlaufen als Rotterdamer Hausfrau namens Marie van Dijk zum Beispiel –

Das führte nicht weiter, sie bremste solche Möglichkeitsschübe, sie fühlte sich wohl in diesem Café, in dieser Stadt mit den königlichen Gebäuden und schlichten Regierungspalästen, mit stolzen, aber nie protzigen Fassaden und der schönen, wenn auch scheußlich verbauten Strandpromenade, die Meerluft, die freie niederländische Luft tat ihr gut, hier fühlte sie ihre Kräfte wachsen –

Sie zahlte weniger, als sie befürchtet hatte, zog den Mantel über, setzte den Hut schräger auf als zu Hause und sprach den Abschiedsgruß in Richtung der Kellnerin und dann zu den andern Gästen am Nebentisch, zur holländischen Verwandtschaft, sie fand, dass ihr das *tot ziens*, das niederländische Auf Wiedersehen, diesmal lockerer gelang als in den Tagen zuvor, das o in *tot* war kurz und trocken und nicht falsch wie das deutsche tot zu betonen, Auf Wiedersehen, das immerhin hatte sie gelernt in drei Tagen, man antwortete ihr sogar, sie schlenderte hinaus, Schilder wiesen in Richtung Bahnhof, zur Pension –

Die Straßen und Schaufenster waren bestens ausgeleuchtet, sie hatte Zeit, sie lief langsam durch den Januarabend, langsam mit wiegendem, etwas breiterem Schritt, wie eine Schwangere, dachte sie, und dabei fiel ihr ein, dass sie wirklich eine Schwangere war, drei Bücher wuchsen in ihr, drei Romane wollten geboren werden, drei Liebesgeschichten drängten ans Licht, aber keine Drillinge bitte, keine Trilogie, diese Kinder, wünschte sie, sollten nacheinander auf die Welt kommen möglichst im Abstand von drei Jahren –

Ganz diesen Phantasien ergeben, schlenderte, schwebte sie beinah über die Bürgersteige, ohne Interesse für nähere Schaufensterblicke, im geschäftigen, friedlichen Haager Abend, und es flog ihr der Gedanke zu, dass die drei Projekte alle mit Kriegen zu tun hatten, mit den beiden Weltkriegen und dem napoleonischen Weltkrieg, dass die drei Liebesereignisse auf dem Boden von schweren, katastrophalen Niederlagen erblüht waren, die Liebe in den Zeiten der Niederlagen, was bedeutete das –

Mit der Niederlage beginnen, dachte sie, auch ich bin direkt in die Niederlage hineingeboren worden, in die krachende Niederlage von Achtzehn und Neunzehn, aber wo fing die an, es gibt keinen Nullpunkt und keinen richtigen Anfang, ich sollte erzählen, wie ihm zumute gewesen sein könnte, dem Vater, als er nach dem Waffenstillstand mit seinem U-Boot Saßnitz ansteuerte, die Insel Rügen, die herrlichen Kreidefelsen und die hohen Waldkanten steuerbord, und er über die Wellen jagend in deutschen Hoheitsgewässern direkt in den Hafen, auf dem Heimweg zur schwangeren, zum ersten Mal schwangeren Frau, zur Familie, was hätten daraus für Glücksgefühle sprießen können selbst an deprimierenden Kriegstagen –

So dachte Marie zwischen den Haager Passanten an Saßnitz und an die Revolution, in jenem November vor fünfzig Jahren war der Hafen, war die Heimat keine sichere Zuflucht mehr: die Welt stand kopf, Revolution hieß das

Wort, das alles veränderte, die Kieler Matrosen hatten lieber den schmachvollen Frieden, wie es hieß, gewollt, als in einer letzten Schlacht gegen die Briten ehrenvoll zu versinken und Fischfutter zu werden, und darum Befehle und Handgriffe verweigert, dann hatte man auf sie schießen lassen, Tote, Aufruhr, Rache, jetzt mussten die Kapitäne der Kaiserlichen Marine zeigen, was sie für Kerle waren –

Nachdem es nicht gelungen war, im neutralen Schweden, in Karlskrona, erst einmal in Sicherheit abzuwarten, was aus dem Aufstand in Kiel, Swinemünde, Wilhelmshaven wurde, musste der kleine Kapitän mit U 143 nun an Rügen vorbei nach Saßnitz steuern in der Hoffnung, sich auf seine Matrosen verlassen zu können, die bis vor ein paar Tagen noch bereit gewesen waren, den verlorenen Krieg wenigstens auf dem Meer zu gewinnen, das waren keine Revoluzzer, aber auch bei ihnen musste er auf der Hut sein, wie schnell konnten aus braven Matrosen rote Matrosen werden, die Kommandanten spielen wollten, eine ansteckende Krankheit, und er, der Kapitän, war auf diesen Fall nicht vorbereitet –

Das können sich unsere pazifistischen Kinder gar nicht mehr vorstellen, dachte Marie, was das heißt: achtzehn Jahre lang bei Tag und bei Nacht wird so ein Junge militärisch geschult und gedrillt, in den Kadettenanstalten Plön und Lichterfelde in der üblichen üblen Weise gepeinigt, gedemütigt, geformt, was er in seinen Erinnerungen mehr versteckt als offenlegt, noch sechzig Jahre danach sehr schwere Zeiten in Plön und den Hass auf diese Kindheit nur zwischen den Zeilen andeutend –

Seit er mit zehn seine erste Uniform trug, verurteilt lebenslänglich zum Pauken und Gehorchen, hat er ungezählte Befehle geschluckt und befolgt, Lehrgänge, Einsätze, Bewährungen, Beförderungen hinter sich gebracht, bis er zum U-Boot-Kommandanten aufgestiegen ist im Rang eines Oberleutnants und alles parat hat, was man bei der Marine lernen kann, Wetterkunde, Navigation, Torpedotechnik, Strömungslehre, Taktik und Täuschmanöver, Militärgeschichte, Menschenführung, Clausewitz rauf und runter –

Aber wie man ohne den Kaiser, nach einem Waffenstillstand, bei einem Aufstand reagieren soll, das hatte ihm niemand beigebracht in achtzehn Jahren, da dürften ihn auch die Kreidefelsen von Rügen nicht getröstet haben und das Rührwort Heimat, und wenn ihm etwas geholfen hat außerhalb seiner Stahl- und Befehlswelt, kann es nur der Gedanke an die Frau in Neustrelitz gewesen sein, an die Schwangere, an das werdende Kindchen, das fast fünfzig Jahre später durch Den Haag lief in Sachen Familienforschung und nach dem Austragen und Aufziehen von vier Kindern sich wieder schwanger fühlte, schwanger mit großen Liebesgeschichten, dreimal die Liebe in den Zeiten des Krieges und der Niederlagen –

Mit der Niederlage beginnen, den Nullpunkten, den schlimmen Tagen in der Mitte des Ersten Weltkriegs, wie in den Niederlagen die Liebe erblüht, eine soldatische Liebe, aber was ist eine soldatische Liebe, die alle Niederlagen überdauert, auch die Monate des Kohlrübenkaffees, Kohlrübenbrots, Kohlrübenaufstrichs, des Waffenstillstands und der Kapitulationen, wie gehen Menschen mit Niederlagen um, wenn die großen Niederlagen ihre eigenen werden, die Niederlagen sind das Spannende, nicht die Siege –

In dieser Situation werde ich ihn beschreiben, dachte sie, auf den Wellen vor Saßnitz an Deck, als er den Befehl bekommt, den roten Wimpel der Revolution über die Kaiserliche Kriegsflagge zu setzen, und wie ihm die List einfällt zu sagen: der Wimpel oder ich, und wie er das Einlaufen in Kiel so lange verzögert, bis es finster wird und niemand sieht, wie das U-Boot als letztes oder eines der letzten in den Hafen der Revolution gleitet, ohne den roten Wimpel –

Was für ein Getue um rot gefärbten Fahnenstoff, würden seine aufmüpfigen Enkel heute sagen, was hatten die für Sorgen in der Revolution, als hätte es nicht tausend andere echte Sorgen gegeben, Hunger, Kriegsbrot mit Sägemehl, Kartoffelfäule, Kohlenmangel, Tee aus Erdbeerblättern und Angst vorm Krepieren, Hass und Not und Zensur, und dann so ein lächerlicher Wimpel, würden die Friedenskinder höhnen –

Das müsstest du denen erklären, Marie, wenn du über ihn schreibst, warum dem kleinen Kapitän die Ehre des Kaisers, auf den er vereidigt war, über alles ging, warum ohne Kaiser keine Ordnung in der Welt war, keine gottgewollte Ordnung, da wirst du noch mal in die Geschichtsbücher schauen müssen, nicht nur in das private Geschichtsbuch, die Erinnerungen des Vaters, in denen er sein Leben offenlegt und gleichzeitig versteckt –

Sie stellte sich das ernste, pflichtstrenge Gesicht des jungen Kapitäns vor, mit wie viel Trotz und Stolz ging er 1918 in Kiel von Bord, in seiner Uniform sich neuen Gefahren aussetzend, hin und wieder wurden Offiziere verprügelt, ein liebender Mann ohne Befehlsketten, mitten im Umsturz, im Chaos, hoffend auf ein Durchkommen in überfüllten Zügen bis Neustrelitz, auf etwas Ruhe beim Onkelvater auf dem Lande, mitten im Deutschen Reich der Not, der Teuerung, des Hungers, der Gefahr, der Gesetzlosigkeit, des Aufruhrs der Bolschewisten und Arbeiter –

Auch an diesem Abend studierte sie in der Bahnhofshalle die Überschriften der deutschen Zeitungen, der tschechische Student schien von den Titelseiten verschwunden, dafür tauchte der Name des Bundestagspräsidenten auf, Gerstenmaier mit irgendwelchen Unklarheiten bei irgendwelchen Wiedergutmachungen, das interessierte sie jetzt nicht, sie war noch ganz bei den Fragen von 1918, was damals entscheidend war und dem Kapitän das Leben gerettet haben könnte, seine List oder die Feigheit der Matrosen oder das Glück der Tüchtigen oder einfach Menschenkenntnis –

In der Pension ließ sie sich, artig mit dem Wort *alstublieft* bittend, den Zimmerschlüssel geben, stieg die schmale Treppe hoch, legte Notizen und Arbeitsmaterial auf den Tisch, warf sich für eine halbe Stunde aufs Bett, ging dann hinunter, bezahlte die Rechnung für die vier Nächte und erzählte der Wirtin vom Mauritshuis, von Rembrandt und ihrer Begeisterung, aber die schien sich auf die Deutsche oder die deutsche Sprache nicht einlassen zu wollen, auch am vierten Abend noch abweisend geschäftsmäßig –

Marie trat auf die Straße, bestellte in einem kleinen Restaurant ein indonesisches Nudelgericht, das ihr zu scharf war, und versuchte den Gedanken abzuwehren, für die deutsch-niederländische Versöhnung zuständig zu sein, der Krieg hatte zu viele Wunden gerissen, Hitler, neben tausend anderen Verbrechen, auch Rotterdam zerstört, das hatte sie nie gewusst oder längst vergessen und erst in diesen Tagen, in Delft erfahren, ganz Rotterdam zerbombt, kaum verheilte Wunden überall, man musste vorsichtig sein miteinander, gerade als Deutsche Rücksicht nehmen und leise sein –

Sie konnte ja nicht zu der Wirtin sagen: hören Sie mal, mein Vater hat schon 1932 mit der Faust auf den Tisch gehauen und gesagt: in diesem Haus wird Adolf Hitler nicht gewählt, sie konnte nicht den Leuten auf der Straße zurufen: ich gebe zu, ich bin eine Deutsche, aber in meinem Tagebuch habe ich schon 1938 die Juden bemitleidet und eine Revolution der Anständigen gegen die Nazibonzen erwartet, sie konnte nicht mit einem Schild am Hut herumlaufen: ich bin eine Deutsche, die am Ende des Krieges gesagt hat: ein Glück, dass wir den Krieg verloren haben –

Und sie verstand auch den Archivdirektor, der ausgerechnet von einer Deutschen keine Klatschgeschichten hören wollte über den Ururgroßvater der heutigen Königin, der sich mit Berliner Tänzerinnen herumgetrieben und sein deutsches Bastardkind nicht offiziell anerkannt und trotzdem anständig behandelt hatte, das wird noch einige Zeit brauchen, bis solche Dinge ausgesprochen, dokumentiert und frei erzählt werden dürfen –

Aber wenn sie die Sache in zehn Jahren immer noch unter den Teppich kehren wollen, dann, dachte sie, werde ich es sein, die dieses Tabu bricht, Material ist genug da, um die Geschichte abzusichern und auszuschmücken, wozu gibt es die herrlichen Möglichkeiten der Literatur, wozu gibt es die Freiheit der Kunst, wozu gibt es Meinungsfreiheit, wenn nicht für die, die im Dunklen stehen, das bin ich dem Bastardkind schuldig, der unglücklichen Ururgroßmutter –

Sie stieg, nun selbstbewusster, wieder die Treppe in den dritten Stock in ihr Zimmer hinauf, sie hätte jetzt gern ein paar Worte mit Reinhard gewechselt, von der Arbeit im Archiv, von Scheveningen, von Rembrandt erzählt, aber nicht vom Umschwenken auf das neue Thema, das musste sie einstweilen als Geheimnis hüten, außerdem interessierte sich der Mann, dessentwegen sie das Studium abgebrochen hatte, nicht wirklich für das Schreiben und für ihre Lektüren und Pläne, er sah das mit Wohlwollen, solange Haushalt und Kinder und er nicht vernachlässigt wurden –

Sechs Jahre lang hatte er geduldig zugesehen, wie sie das Thaddenbuch vorbereitete und schrieb, wie sie zu Bekannten, Überlebenden, Zeugen reiste, Dokumente kopierte, wie sie Brief um Brief tief und tiefer in das Material vordrang, wie sie die früheren Schülerinnen und Freundinnen der Thadden ins Haus lud, wie sie jeden Vormittag schrieb und den Wecker so stellte, dass sie exakte zwanzig oder fünfunddreißig Minuten für die Zubereitung des Mittagessens hatte, und wenn es das schnelle Rührei gab, hatte sie fünfzehn Minuten Arbeitszeit gewonnen, bevor das erste der Kinder von der Schule heimkam –

Sie blickte immer mal wieder auf das schwarze Telefon auf dem Nachttisch, griff aber nicht zum Hörer, sie hatte nur am ersten Abend kurz angerufen und die Telefonnummer der Pension durchgegeben, wegen der sündhaft teuren Auslandsferngespräche hatten sie verabredet, sich nur im Notfall anzurufen –

Ohne eine Verbindung nach Frankfurt bestellt zu haben, legte sie sich schon gegen zehn ins Bett und war zufrieden, dass die Minna-Geschichte, die sie noch am Abend vorher so erregt hatte, schon fast aus dem Kopf geraten war und stattdessen immer wieder der lachende Mann, der lustige, ernste Vater auftauchte und da stand, wohin die Gedanken rannten: ick bin all door, wie der Igel im Märchen –

Auch er ein wandelnder Widerspruch, einerseits drängte seine suggestive Stimme: schreib das, schreib das auf, Marie, andererseits blieb der Minna-Stoff eine heikle Sache für ihn, als strenger Gottesmann hatte er Schwierigkeiten mit der Anerkennung seiner in Sünde gezeugten, unehelichen Urgroßmutter, vielleicht wäre er sogar erleichtert, dass diese Geschichte erst mal vertagt wird –

Die königliche Abstammung war ihm sowieso nicht wichtig, er war, ohne sich das einzugestehen, an das Unglück gefesselt, das auf diese Seite seiner Familie gefallen war, aus seiner Sicht, so hatte er mal angedeutet, eine Folge der Sünde, einer speziellen Erbsünde, eine Gottesstrafe für die Kinder im dritten oder vierten Glied, die Verarmung noch vor dem Ersten Weltkrieg, die Gemütskrankheit seiner in die Anstalt gesperrten Mutter, über die er in den Erinnerungen das hartherzige Urteil gefällt hatte, sie habe wohl keinen Trost und Halt im Glauben gefunden, und gleichzeitig kein Wort darüber, ob er oder andere aus der Familie jemals versucht hatten, sie aus der Nervenheilanstalt zu befreien –

Der Kadett nicht nur aus knäbischer Neigung und Uniformlust, der Kadett aus Flucht vor der Armut, die mit einem Blitzschlag und einer Kette von Unglücksfällen begonnen hatte, alle Geschichten, die ihr durch den Kopf jagten, hingen auf vertrackte Weise zusammen, alles wurzelte in Niederlagen und Katastrophen, aber sie wollte lieber vom Glück, von der Liebe erzählen, von der Liebe in den Zeiten des Krieges –

Anfangen mit der Generalstochter, die um ihren geliebten abgestürzten Flieger trauert, und mit dem Wachoffizier, der um seine Brüder, seine Schwester und seine Eltern trauert und die Schöne mit leisem Humor und gereimten Gedichten zu gewinnen versucht, anfangen mit dem verschmitzten, dem lachenden Soldaten, dem Reimdichter in Uniform, bevor er zum felsenfest Gläubigen und Gottgehorsamen wurde, der lachende Mann mit den Rembrandtaugenbrauen –

Als sie müder wurde, von kreisenden, wildschweifenden Gedanken erschöpft, begann sie etwas zu stören in dem kleinen Bild aus dem Mauritshuis, das ihr in scharfen Konturen vor Augen stand, daneben, dahinter, davor tauchte ein anderes Gesicht auf, mit beunruhigenden, betrunkenen, wilderen Zügen, der schwungvolle Schnurrbart und die wirren Haare erinnerten sie jetzt, da sie im Bett lag, an das Gesicht eines anderen Soldaten, eines Russen in Bad Doberan im Mai Fünfundvierzig, eines betrunkenen Soldaten –

Unten im Souterrain des gemieteten Hauses, wo die Russen aus der Familienküche eine kleine Kantine gemacht hatten, war dieser Gregor, sie hatte sogar seinen Namen behalten, beschäftigt, die Russen im Haus waren eigentlich ein großes Glück, weil die streunenden Vergewaltiger einen Bogen machten um solche Häuser, nur Gregor, nüchtern freundlich und im Suff ein tolpatschiges Scheusal, versuchte es immer mal wieder, wenn wenige Leute im Haus waren, kam er die Treppe hochgeschlichen, polterte ins Zimmer, obwohl sein Hauptmann unten im Erdgeschoss jede Belästigung der Frauen strengstens verboten hatte –

Der fordernd sich nähernde Gregor, halb lachend, halb lockend, und sie ohne Chance zu entkommen, bislang hatte sie Glück gehabt, der Hauptmann war der beste Schutz für sie, die Mutter, die Schwestern, bis dahin war niemand von ihnen geschändet worden, manchmal hatte auch der einquartierte, einbeinige Herr Schulz geholfen, der gut mit den Besatzern konnte und die Frauen mit List und Geschrei verteidigte, auch Herr

Schulz war nicht da, und plötzlich dieser Gregor im Zimmer –

Da hatte sie ihr Baby aus dem Korb und auf den Arm genommen, das sofort zu schreien anfing, als wüsste es, was seiner Mutter drohte, so heftig, so laut, und nicht aufhörte, bis der Krieger aufgab und zurückwich, so hatte das kluge Söhnchen, zwei Monate alt, seine Mutter beschützt –

Lange hatte sie nicht mehr an diesen Gregor gedacht, der ein anderes Mal, als der Hauptmann mit seinen Leuten abgezogen war, mit der Maschinenpistole an der Hüfte und betrunken auf sie zukam, um sie herumging, nach ihr greifen wollte, und sie den Mann mit den wilden Augenbrauen, indem sie scheinbar, hier ein Schrittchen, da ein Schrittchen, auf ihn zuging, immer mehr in Richtung Tür drängte, während der Soldat mit seiner Maschinenpistole vor ihrem Gesicht und ihrem Körper herumfuchtelte, bis sein Blick auf die an einem Haken hängenden Hausschlüssel fiel und er flink danach griff und sie in der Hosentasche versenkte –

Der einzige Schlüsselbund, die einzige Möglichkeit, sich notdürftig abzuschotten, und sie, ohne eine Sekunde nachzudenken, fasste blitzschnell in die Hosentasche des trunkenen, bewaffneten Russen, musste immer tiefer greifen, unendlich tief war die Hosentasche, ging bis ans Knie hinunter, voll von Uhren und anderem Kram, sie musste bis zum Ellenbogen hinein und fand tatsächlich den Schlüsselbund, den richtigen Schlüsselbund, der Soldat hatte die Hände an seiner Maschinenpistole und war viel zu verdutzt, sich zu wehren, viel zu betrunken, es ging alles ganz schnell, sie hielt die Schlüssel fest in der Faust, schob den torkelnden, unentschlossen an seine Waffe sich klammernden Soldaten zur Tür und hinaus und schloss ab –

Haben Sie denn überhaupt nicht daran gedacht, dass der schießt, hatte Herr Schulz kurz danach gefragt, nein, überhaupt nicht, hatte sie geantwortet und dann erst die Gefahr erfasst und ihrer Mutter lieber nichts erzählt von dieser Situation an dem Tag, an dem die einen Russen ausgezogen und die anderen noch nicht eingerückt waren in das Souterrain und die erste Etage in der Doberaner Bismarckstraße 16 –

Es war ihr lästig, ausgerechnet im schönen, majestätischen Den Haag an die schweren Monate des Jahres 1945 denken zu müssen, das kam vielleicht von der unfreundlichen Wirtin oder den Bomben auf Rotterdam oder den deutschen Besatzern, die nicht nur Schlüsselbunde geraubt hatten, sie wollte das nicht genauer wissen, sie wollte nicht grübeln, wer im Jahr 1943 in dieser Pension gehaust haben könnte, sie wollte das alles nicht mehr im Kopf haben –

Auch Gregor sollte irgendwann abgehakt und vergessen, aber vorher einmal richtig beschrieben werden, sie hatte immer wieder Glück gehabt, war nie vergewaltigt worden und war trotzdem nicht stolz darauf, man schämte sich auch der kleinen Siege über einen wie Gregor, sie musste erst fünfzig werden, um sich so frei zu fühlen, auch über diesen Krieg und den Nachkrieg und die drohenden Augen fremder Soldaten schreiben zu wollen –

Aber zuerst war der Weltkrieg an der Reihe, der ihre Eltern geprägt und zusammengebracht hatte, war die Mutter als junge Frau in den Blick zu nehmen, die ihren Fastverlobten, den walzertanzenden Luftkrieger Friedrich von Schabow, verlor, den flotten, lachenden, mutigen Piloten, abgestürzt mit dem Flugzeug bei einer Übung auf dem Schweriner Flugplatz drei Wochen vor Kriegsbeginn, und die zwei Jahre später, immer noch im Kokon stiller Trauer, auf den jüngeren Bruder dieses Fliegers traf, den mittleren der Schabow-Söhne, der nicht in die Lüfte stieg, sondern unter den Meeresspiegel tauchte –

Hans von Schabow, der ein enttäuschendes Kriegsjahr nach dem andern unter der Marineflagge zu dienen und wenig Gelegenheit hatte, passende junge Mädchen zu treffen, bis ihm auf dem platten mecklenburgischen Land, auf dem Gut Vietgest bei Güstrow das Geschenk des Himmels zufiel, wie es später hieß, Hildegard mit dem langen adligen Nachnamen, die zu lächeln begann, als sie die brüderliche Ähnlichkeit erkannte, die verschmitzten Züge ihres ersten Geliebten im Gesicht ihres künftigen Geliebten –

Spaziergänge im Park, Wanderungen auf Feldwegen, und so weiter, Marie hätte ihre jungen Eltern gern einmal auf die Steilküste von Rügen verpflanzt, auf das Meer schauend und mit den Augen dem Kurs folgend, den Hans in seinem U-Boot, von Schweden kommend, an den Kreidefelsen vorbei, im weiten Bogen zum Hafen von Saßnitz genommen haben könnte, in die Niederlage steuernd mit dem Befehl, den roten Wimpel zu setzen, nein, nichts da mit Romantik, nicht einmal auf mecklenburgischen Feldwegen, den ersten Kuss hatte es, nachdem die Verlobung erklärt war, auf dem Leipziger Hauptbahnhof gegeben –

Gern hätte sie eine solche Szene beschrieben, das junge Paar wandernd in klassisch deutscher Gegend von Saßnitz zum Königstuhl und in die Weite schauend wie die Figuren auf Caspar David Friedrichs Bild, aus der Nähe der Natur in die Ferne der Natur, vom Festen ins Ungewisse, aber das war völlig unwahrscheinlich, das war ausgeschlossen, für den Luxus des Reisens oder selbst für eine eintägige Steilküstenwanderung waren weder Geld noch Zeit übrig im Krieg und später mit zwei, drei, vier, sechs Kindern, Ferien wurden auf den Gütern von Verwandten verbracht, wo es mehr zu futtern gab als zu Hause, das war die Regel bis Vierundvierzig –

Seitdem der Vorhang, der eiserne, und keine näheren Verwandten mehr in der Sowjetzone, an Ferien an der Ostsee in der gefährlichen und mit allen Mängeln behafteten Zone dachte niemand, schon gar nicht an Wanderungen auf Rügen, Friedrichs Kreidefelsen mussten bleiben, was sie waren, ein beliebtes Kalendermotiv aus tiefster Vergangenheit oder ein gerahmter Postkartendruck, ein Fluchtpunkt für Ostseesüchtige, wie bei Marie an der Wand neben dem Schreibtisch –

Mecklenburg war verloren, in Bezirke aufgeteilt, eine Wiedervereinigung aussichtslos, berühmte Namen wie Güstrow und Binz sanken ins Vergessen, Rostock kannte man im Westen vielleicht noch wegen der Fähre von Warnemünde nach Dänemark, Leipzig wegen der Messe, Dresden behielt etwas vom alten Ruhm der Kunst und vom neuen Ruhm der Zerstörung, aber Mecklenburg war abgeschrieben, kam in den Zeitungen, in den Nachrichten nicht mehr vor, die Namen Schwerin, Greifswald und Stralsund wurden immer seltener genannt, Doberan nur noch im Kreis der Familie –

Sie wollte endlich schlafen und dämmerte in die Phantasie hinein, aufs Fahrrad zu steigen und von der Bismarckstraße die sechs Kilometer die Dammchaussee, dann die Landstraße, an Wiesen und Wald entlang, hinunter nach Heiligendamm zu sausen und von dort am Strand Richtung Kühlungsborn zu laufen, bis sie müde und müder wurde, es war ihr bester Einschlaftrick, rechts die See, links die mehr oder weniger steile Küste –

Aber an diesem Abend zog es sie von der Küste wieder weg nach Dobbin, eigentlich müsste man mal in Dobbin schauen, was übrig geblieben ist von Minnas und Jasmunds Gut, irgendwo im tiefsten Mecklenburg beim Krakower See, wenn nur die Mauer nicht wäre, die vielen Mauern –

Und im Müdewerden, in der letzten Phase vor dem Einschlafen in der Kuhle des Haager Pensionsbetts, rief sie all die mecklenburgischen Orte auf, die ihr in den Sinn kamen, die Orte neben Schabow, die in der vielhundertjährigen Familiengeschichte für die Vorfahren oder nähere Verwandte Heimat gewesen waren, und schlief ein mit Wörtern wie Sanitz, Teterow, Dargun, Ribnitz, Demmin, Friedrichsdorf, Bützow und Bad Sülze, Kölzow und Stormstorf, Tangrim und Brunn und Neubrandenburg, Malchow und Malchin und Marlow, Neustrelitz, Zarnewanz, Ludwigslust –

## 2

Richtig wach wurde Marie von Schabow erst im Lärm des Amsterdamer Bahnhofs, nachdem sie die Haager Pension mit einem artigen *tot ziens* verlassen und nur ein gleichgültiges Lächeln der Wirtin geerntet hatte, in einen vollbesetzten Zug gestiegen war und nun den Koffer bei der Gepäckaufbewahrung abgeben wollte, wach von dem Sekundenschrecken, in der Fremde zu sein und nicht gleich beim ersten Griff in die Handtasche das Portemonnaie zu finden –

Das Geld war nicht verschwunden im Gedränge beim Aussteigen, alles in Ordnung, auch in der Schlange vor dem Schalter drohte keine Gefahr, kein Taschendieb hatte es auf ihre Gulden- und Markscheine oder den Ausweis abgesehen, kein Fremder tat ihr etwas an, es konnte alles nach Plan gehen, Koffer abgeben, mit der Tram zum Rijksmuseum und zurück zum Schloss am Dam, danach zum Bahnhof und kurz nach 16 Uhr der D-Zug nach Köln –

Bald war sie, zügig und freundlich bedient, den Koffer los und ließ sich von der Tram der Linie 2 durch den dichten, lärmenden Verkehr, durch die regengedämmte Innenstadt kutschieren, blickte eifrig nach rechts und links auf prächtige schmale Häuser, kahle Bäume und die unter ihren Schirmen selbstbewusst wirkenden Großstädter, besser gekleidet, lockerer im Gang und mit wacherem Blick als die Frankfurter –

Die Tram kreuzte mehrere Grachten, das Wasser braungrau und trübe an dem winterlichen Regentag, aber das störte ihr Hochgefühl nicht, durch die Metropole Amsterdam gefahren zu werden, am Leidse Plein wäre sie gern ausgestiegen und mit aufgespanntem Schirm herumspaziert, die Bildungspflicht zog sie zuerst ins Museum –

Wie in Den Haag war sie auch hier unterwegs, um ihre Vorstellung vom schwarzweißen Rembrandt zu korrigieren, deshalb ließ sie die Abteilungen mit Möbeln, Puppenhäusern, Tapeten, Porzellan und sonstigem kostbarem Plunder unbeachtet, folgte den Wegweisern zu den Alten Meistern und zu Rembrandt van Rijn, es störte sie nicht, dass die meisten Besucher dasselbe Ziel hatten, sie freute sich eher daran, dass so viele Menschen zur Kunst, zur wahren Kunst strebten und sich ehrfürchtig vor der *Nachtwache* drängten –

Sie nahm sich Zeit für jedes Gemälde, erkannte einige sofort wieder, trug ihren Vorstellungsbildern Farbe auf, schritt langsam von einem zum andern, studierte jedes einzelne Porträt, vor allem die Selbstbildnisse und die Frauenbildnisse, versuchte die Seelenschichten der mit viel Feinheit und Nähe gewürdigten Gestalten zu verstehen, jedes Gesicht ein Roman, und bemerkte überraschend viel Stolz und Selbstbewusstsein in den Zügen der Frauen, in jeweils anderen Nuancen, die lesende, die musizierende, die reiche Frau, die schwangere Rebekka –

Vielleicht war sie gar nicht schwanger, die von ihrem kostbaren Kleid fast eingeschnürte Mädchenfrau, *Die jüdische Braut,* die mit Ketten und Ringen überladene Patrizierin, vielleicht, überlegte Marie, sollte das Bild mit der schützenden Hand des Mannes, des Isaak, am flachen Busen der Frau nur so wirken oder künftige Schwangerschaften andeuten mit ihrer rechten Hand auf dem Bauch, während sie wie zur Bestätigung ihre Linke über seine Rechte an ihrem Busen gelegt hatte und seine linke Hand auf ihrer Schulter die Schutzgeste unterstrich, eine erstaunlich intime Szene, ein Ehepaar als Liebespaar –

War Rebekka nicht die Mutter von Jakob und Esau, überlegte Marie, sie war sich nicht sicher, bibelfest müsste man sein, mindestens so bibelfest wie der Vater, der es vom Kapitän zum reisenden Missionar gebracht hatte, oder wie der junggestorbene Schwager, der Pfarrer, der

Mann ihrer jüngeren Schwester, die nun auch schon acht Jahre lang eine immer noch junge Witwe war –

Von dieser Rebekka kam sie nicht los, die so gar nichts Biblisches hatte wie die Muskelgestalten des Schnorr von Carolsfeld, vergiss die Namen, was zählt, sagte sie sich, ist der künstlerische Ausdruck, die künstlerische Wahrheit, und die lag im Gesicht und in der Haltung dieser Frau, in der Vertrautheit, in ihrer linken Hand auf den Fingern der zärtlichen Hand des Mannes, in ihrer rechten Hand auf dem Bauch, in der Hoffnung, im Schmerz, in der Liebe zu liebevollen Gesten, ach, Reinhard, dachte sie und mochte plötzlich all die prächtigen Stilleben nicht sehen und schlenderte bald dem Ausgang entgegen –

Sie kaufte fünf Postkarten, Rembrandt in Farbe, Porträts und Selbstbildnisse, lief einmal um das Museum herum, der Regen hatte nachgelassen, und stieg in die Tram Richtung Bahnhof, trank am Leidse Plein einen Kaffee, ärgerte sich über den Preis und fuhr ein Stück weiter, die überall angebotene Grachtenbootsfahrt lockte sie nicht, lieber wäre sie den halben Tag kreuz und quer mit den Straßenbahnen durch die Stadt kutschiert –

Beim Königlichen Palais am Dam stieg sie aus, zahlte drei Gulden Eintrittsgeld, besichtigte einige repräsentative Räume und ging an Ausstellungstafeln vorbei, die den zum König aufgestiegenen Willem I. als Manager und

Mann der Wirtschaft zeigten, als Planer von Kanälen und Straßen, als Förderer der Kaufleute und Banken, Antreiber der Konjunktur nach den napoleonischen Kriegen, Willem als Koopman-koning und Kanalen-koning, wie sie hier sagten –

Landkarten, Pläne, Skizzen, Kostenpläne an den Wänden wären zu studieren gewesen, Marie suchte eher nach Porträts des Uropas Willem, wie sie sagen durfte, zwei Ur-Generationen salopp unterschlagend, immer noch neugierig auf diesen Mann, obwohl der Roman über ihn und seine unechte Tochter erst einmal verschoben war –

In dem Andenkenladen des Palastes, voll mit Porträts der Königin Juliana, des Prinzen Bernhard und ihrer Kinder, mit königlich dekorierten Tassen, Bleistiften, Halstüchern, Handflaggen, fand sie in einer Ecke ein paar Bücher, schlug eines davon auf, ein biographisches Lexikon der Oranier-Familie, hier waren sogar einige Bastarde verzeichnet, aber nicht die proletarische Geliebte aus Berlin und das Bastardkind Minna, dafür sah sich Marie von Schabow, nach kurzem Blättern, auf einen Schlag zur Tochter der alten Preußenkönige befördert –

König Willems Mutter, das sah man auf einen Blick, war eine Preußenprinzessin gewesen, Wilhelmine mit Namen, Tochter des Bruders Friedrichs des Großen, August Wilhelm, und die Fortsetzung kannte man aus den Geschichtsstunden der Schule: damit war Willems Mutter auch eine Enkelin des Soldatenkönigs Friedrich Wilhelm I. und Urenkelin des ersten Preußenkönigs Friedrich I., damit war der holländische König Willem Urenkel des Soldatenkönigs, und wenn sie jetzt die Ursilben hinzunahm, die sie von König Willem trennten, konnte sie, falls sie richtig rechnete, den Soldatenkönig Friedrich Wilhelm I. als ihren Urururururururgroßvater und den Alten Fritz als ihren Ururururururgroßonkel bezeichnen, sie, die kleine Kapitänstochter Marie –

Sie lachte laut auf, in der Ecke des Ladens, lachte leise vor sich hin, ging, innerlich weiter kichernd, mit dem Buch zur Kasse, das Buch war teuer, sie lachte die Verkäuferin an, drängte an die frische Luft, draußen vor dem Palais wirkte niemand gelöster und fröhlicher als sie, eine unechte Tochter, dachte sie, und schon bist du eine echte Preußin, nicht ganz rasserein, aber mit Stammbaum bis ganz nach oben, und nicht nur du, deine Geschwister, dein Vater, deine Kinder, deine Nichten und Neffen –

Die Leute auf dem Vorplatz brauchten die Schirme nicht mehr, viele schauten auf zu der mächtigen schwarzgrauen Fassade des Schlosses, und auch wenn sie heute keinen Auftritt der Königin auf dem Balkon erwarteten, so schienen sich manche doch ein wenig zu verbeugen vor der unsichtbaren, in Stadt und Land auf diskrete Weise anwesenden Majestät –

Man starrt, überlegte Marie, bei den Stammbäumen immer auf die männlichen, die langweiligen Linien der Herrscher, von einem Prinzen von Oranien, Statthalter der Niederlande, zum nächsten, von Willem I. bis Willem V., von einer öden römischen Ziffer zur anderen bis zurück zu Wilhelm dem Schweiger, aber die weiblichen Hauptfiguren, die zukunftssichernden Mütter, die mehr oder weniger ins Ehebett gezwungenen Prinzessinnen und adligen Bräute waren oft viel spannender, diese Wilhelminen-Mutter sogar die direkte Brücke zu den königlichen Preußen –

Wo niemand den Überblick behielt wegen der Inflation der vielen Wilhelms und Wilhelminen, Friedrichs und Friederiken, Friedrich Wilhelms und August Wilhelms, Willems und Wilhelminas, wo man rasch resignierte angesichts der phantasievollen Namensgebung in den Häusern Preußen und Oranien, die sich überdies fast in jeder Generation miteinander verheirateten, die Preußens waren mit keiner Familie so eng verbunden wie mit den Oraniern, die vom Stammbaum her sowieso mehr deutsch oder preußisch waren und sind als niederländisch, waschechte Europäer also –

Stammbäume sind etwas für Pedanten, Marie kannte genügend Leute, die sich im Unendlichen dieses Wahns der Herkünfte verliefen und verloren beim Zählen von Ur zu Ur, sie wollte da nicht weiter nachforschen, es wurde langweiliger, je tiefer man schaute, am Ende waren alle mit allen verwandt, doch die Entdeckung des Tages enthielt eine besondere Pointe –

Dass König Willem verheiratet war mit einer preußischen Prinzessin, der Schwester des Preußenkönigs Friedrich Wilhelm III., das hatte Marie gewusst, aber dass er und seine Angetraute über ihren Vater und seine Mutter die gleichen Großeltern hatten, Willem und seine Frau also Cousin und Cousine waren und der arme Willem an eine Wilhelmine von Preußen als Mutter wie auch an eine andere Wilhelmine von Preußen als Ehefrau gebunden war, das hatte sie, die Liebesgeschichtenerzählerin, bis zu diesem regnerischen Januarvormittag von Amsterdam nicht gewusst –

Armer Willem, dieser Gedanke kam ihr zum ersten Mal, in dieser Sekunde, als sie begriff, dass Willem, damals Prinz von Oranien und Statthalter der Niederlande im preußischen Exil Unter den Linden, schon um Abstand zu gewinnen vom staatstragenden Inzest, den Reizen einer Berliner Tänzerin nicht widerstehen mochte, das dürfte für die zu schreibende Liebesgeschichte ein entscheidendes Detail sein, allein dafür hatte sich der Besuch im Koninklijk Paleis gelohnt –

Die Entdeckung versetzte sie, fest auf den Pflastersteinen stehend, in einen heiteren Schwindelzustand, sie nahm sich vor, nicht weiter in die Geschichtsbücher hinabzusteigen, keinen Preußenstolz zu kultivieren, keinen Preußenstock zu schwingen, keine aufwendigen Reisen nach Berlin zu unternehmen und Preußenschlösser zu besichtigen, keine Spiele mit den Genen, die nur auf dem Papier stehen, kein Wuchern mit den paar Tropfen Preußenblut, und bei der alten Devise zu bleiben: kein Dünkel bitte, erst recht kein Adelsdünkel –

Vergiss die ollen Könige, denk dran, du schreibst, wenn du sie in ein paar Jahren schreibst, die Geschichte der unehelichen Oraniertochter, diese Wilhelmine genannt Minna hat dich angestoßen, diese junge Frau hat dich nach Den Haag ins Archiv und in Amsterdam ins Schloss bestellt, die hat dir den Auftrag gegeben: such meinen Vater, der großzügig und liebevoll zu mir war, ohne dass ich das wusste, such meinen Vater und meine Mutter, erzähle deren Geschichte und meine Geschichte –

So vieles schoss ihr durch den Kopf, und Marie bewegte sich langsam, sehr langsam, ging in Richtung eines auffällig klobigen Obelisken schräg gegenüber, eine Art Denkmal, gehoben auf Stufen, umrundet von halbhohen Mauern, junge, meist langhaarige Leute standen und hockten da herum, saßen auf zusammengefalteten Jacken auf den noch nassen Steinen und rauchten, sie kamen ihr wie Gammler vor, Hippies sagte man neuerdings –

Nein, Provos, so hatten sie sich genannt, als sie berühmt wurden, und nannten sich vielleicht immer noch so, sie kannte sich da nicht aus, aber im Gehirn hatte sie jetzt die Tagesschaubilder von diesem Platz zwischen Palast und Denkmal, Bilder von wüsten Demonstrationen junger Holländer, dieser Provos, gegen die Heirat der Kronprinzessin mit einem Deutschen, einem adligen Diplomaten, und witzigerweise einer, den Marie aus Bad Doberan kannte als Jungen und jungen Mann, weil dessen Schwester befreundet gewesen war mit ihren jüngeren Schwestern –

Ein Aufstand der Jugend gegen den Deutschen, unvergesslich für Marie, da sie immer, wenn der Name des heutigen Prinzgemahls fiel, und er fiel oft in Familiengesprächen, in Zeitungen, im Fernsehen, da sie dabei jedes Mal wieder dessen Schwester Rixa im Schabow'schen Wohnzimmer stehen sah in den bittersten Tagen im April Fünfundvierzig, eine Siebzehnjährige, ungeduldig, zappelnd, die vier Schabow-Frauen bestürmend, die Mutter, Marie mit dem Baby auf dem Arm und die jungen Zwillingsschwestern: kommt mit, nach Westen, euch kriegen wir noch in den Wagen, bei unserm Onkel hinter der Elbe ist Platz, in einer Stunde fahren wir, kommt mit –

Die Entscheidung damals lag bei ihr, das hatte sie gespürt, in wenigen Minuten, in einer Viertelstunde war zu entscheiden, ob sie das Haus und alles verlassen und auch Flüchtlinge werden wollten, die Russen standen bei Stralsund und die Engländer bei Lübeck, Doberan genau in der Mitte, sie waren vorbereitet für die Flucht, für rasche Entschlüsse, die Rucksäcke gepackt mit Brot, Trockenmilch, Eipulver, Windeln, warme Kleidung lag bereit, und nun die Einladung, vielleicht die letzte Gelegenheit: kommt mit, kommt mit –

Draußen auf der Bismarckstraße wankten Soldaten vorbei, die keine Soldaten mehr waren, ohne Waffe, ohne Uniform, notdürftig zivil bekleidet, viele in Fetzen und Lumpen, verwundet am Kopf oder an Armen oder Füßen, das Verbandszeug durchgeblutet und dreckig, Gesichter bleich und ausgemergelt, sie bettelten um Brot oder bettelten um einen Löffel, die Eroberer Europas hatten am Ende nicht mal mehr Löffel für die Suppe aus den Volksküchen, die es immerhin noch gab –

Marie wollte auf das Wunder nicht warten und wartete trotzdem, dass einer von denen langsamer wird und näher tritt und von ihr erkannt wird, aber keiner hatte Reinhards Gang oder seine Gestalt, keiner wollte bleiben, nicht einmal zu einem kurzen Lagebericht, wenn sie für den Löffel dankten, eilig schlurften sie weiter Richtung Westen, Wismar, Hamburg, die geschlagenen, halbtoten, wankenden Männer –

Ähnlich den gezeichneten Soldaten aus Napoleons Krieg im Lesebuch, halb verhungert, halb erfroren nach den Niederlagen in Russland, aber diese Männer flohen nicht Napoleon hinterher, sie kamen aus Hitlers Krieg, aus Maries Krieg, sie könnten ihre Schulfreunde sein, falls sie noch welche unter den Lebenden hatte, ihre Brüder, falls sie nicht bei der Marine ertrunken oder in Italien verscharrt waren, diese hier waren in Panzern losgezogen und hatten als Krüppel überlebt bis jetzt und wussten nicht einmal, ob es noch lohnte, mit letzten Kräften ein Bein vor das andere zu setzen –

Im ganzen Haus waren schon Flüchtlinge einquartiert, die nicht mehr weiterkonnten, auf der Chaussee, in der Stadtmitte überall Flüchtlinge, Leiterwagen mit Bretterbuden drauf, mit Teppichen abgehängt, vollgestopft mit Großfamilien, Bettzeug, Hühnern, und wenn die Flüchtlinge etwas erzählten, dann das Grausigste, von brennenden Ortschaften im Osten, von Frauen, die nach der Vergewaltigung aufgespießt, von Säuglingen, die an die Wand geklatscht wurden, schwer zu sagen, ob die Leute das wirklich erlebt hatten oder nur vom Hörensagen oder von der Propaganda kannten, noch immer tönte das Radio vom Endsieg –

Da stand die siebzehnjährige Schwester des heutigen Prinzgemahls, gegen den rund zwanzig Jahre später die jungen Holländer protestiert hatten, im Wohnzimmer, die Situation war viel zu dramatisch, um sich an den Tisch oder aufs Sofa zu setzen, Rixa meinte es gut und wollte ihre Freundinnen retten, musste auch der Mutter und Marie mit dem Kind das Angebot überbringen und drängte noch einmal: macht schnell, kommt mit, kommt mit –

Es war die letzte Chance, Marie hatte, im ständigen Blickwechsel mit dem Baby, fünf Wochen alt, mit der Mutter, mit den Schwestern, mit Rixa, immer an Reinhard gedacht, was wäre, wenn der plötzlich wider Erwarten durchkommt und auftaucht und auf Fremde im Haus trifft, er wäre verloren, der Soldat, als Deserteur bei den Deutschen oder als Feind bei den Russen, er wäre geliefert, außerdem war ihr nicht wohl, wenn sie an die endlosen Flüchtlingstrecks, an die mit Pferdekarren verstopften Landstraßen und die Tiefflieger dachte, die fliehende Menschen jagten, aber entscheidend war das unwahrscheinliche, aber doch mögliche Klopfen Reinhards am Fenster, und sie hatte zu ihrer Mutter gesagt: geht ihr, ich bleibe –

Dann bleib ich auch, war die entschiedene Antwort der Mutter, ich lass dich nicht allein mit dem Kleinen, nun wollten auch die Schwestern bleiben, vier Frauen und ein Säugling, die Freundin war entsetzt über die Schabows mit ihrem Leichtsinn oder Gottvertrauen oder Wahnsinn und zog ab, fast zornig –

Die Schwestern waren siebzehn, die Mutter vierundfünfzig, und Marie stand da mit ihren fünfundzwanzig Jahren und wusste, sie würde, wenn es schlimm kommt, für immer Schuld haben am Unglück ihrer Mutter, an der Schändung ihrer Schwestern, am Tod ihres Kindes, aber sie hatte keine Grenze haben wollen zwischen Reinhard und sich –

Richtig oder falsch, sie hatte entschieden, also Schluss mit dem Grübeln, sie hatte das Kind taufen lassen zwei Tage später, und nach der Tauffeier hatten sie auf den Rat des Pfarrers hin allen Schnaps und Wein weggeschüttet, und zwei Tage danach waren die Russen da, besetzten das Haus, ließen den vier Schabow-Frauen mit dem Baby ein Zimmer und machten aus der Küche im Souterrain eine Kantine und aus dem Wohnzimmer ein Büro –

Und als ihr, mitten in Amsterdam, nah bei den freundlichen Nichtstuern, in den paar Sekunden der Rückblende auf die Minuten der Entscheidung im April Fünfundvierzig, die Doberaner Freundschaftsverbindungen und die holländischen Querverbindungen durch den Kopf blitzten, da dachte sie, was wir, was die Eltern, die Geschwister und ich erlebt haben, das ist doch wirklich spannender als die Affären irgendwelcher Könige –

Allein die drei eigensinnigsten Entscheidungen als junge Frau, die waren doch voller Dramatik, mal unbescheiden gesagt, und irgendwann möchte auch ich einmal unbescheiden sein, dachte sie, mit siebzehn als Gruppenführerin aus dem BDM auszutreten nach der Hetze gegen den Christenglauben und nach den Bränden der Synagogen, mit einundzwanzig die einsame Entscheidung für Reinhard, mit fünfundzwanzig dem Lockruf nach Westen zu widerstehen: geht ihr, ich bleibe –

Während die jungen Leute, ob sie nun Provos oder Gammler oder Hippies oder Beatles oder entlaufene Handwerksburschen oder faule Studenten waren, die da hockten, rauchten, dösten, redeten, manche aneinandergelehnt, manche küssend, manche starrend, die meisten in lässiger, guter Laune, wie es schien, von irgendeinem Rauchzeug beseligt, während diesen jungen Menschen offenbar keine Entscheidungen abverlangt wurden –

Nein, so durfte man nicht denken, so überheblich, sie wusste ja nicht, warum diese Kinder so willenlos in den Tag hinein zu leben schienen, es störte sie nur, dass so viele dasaßen, so viele um die Sitzenden herumstanden und einfach nichts taten, ihre Kräfte, Talente, ihre Jugend nicht nutzten und es ihr außerdem durch die schiere Menge ihrer Leiber schwermachten, Sinn und Zweck dieses Denkmals herauszufinden, es dauerte ein wenig, bis sie den Inschriften entnommen hatte, dass sie vor dem Nationaldenkmal für die Opfer der deutschen Besatzung im Zweiten Weltkrieg stand –

Auch das noch, wieder ein Hieb ins deutsche Herz, mitten in Amsterdam, erst jetzt verstand sie, weshalb die Provos genau hier ihren Protest gegen den deutschen Prinzgemahl begonnen hatten, und obwohl sie außer über Anne Frank und die Transporte der Juden in die Vernichtungslager kaum etwas wusste über die Verbrechen in der Besatzungszeit, fühlte sie sich, nur weil sie hier stand, auf vage Weise schuldig und genierte sich, die einstige BDM-Führerin –

Ein wenig beneidete sie die lachenden, lockeren jungen Leute, die Kriegskinder, die Friedenskinder, die sich so unverschämt faul gaben und unverschämt unschuldig fühlten, wie es schien, so lässig moralisch und nicht unsympathisch, solange sie nicht unter roten Fahnen mit Lenin- und Mao-Köpfen herumliefen, so kindlich stolz mit ihren Blechknöpfen *Make love not war* –

Sie hätte, wenn sie jetzt in Deutschland und unter Deutschen gewesen wäre, gerne mit denen diskutiert, ob diese Parole nicht doch zu simpel sei als Haltung zur Welt und zum drohenden Kommunismus, als wären die Sowjets mit Love oder Liebe aus Prag oder Vietnam zu vertreiben, an dem Punkt verstand sie die Jugend nicht, aber Parolen waren immer simpel, viel zu simpel, besonders wenn man sie mit den Parolen der HJ und des BDM verglich, dann hatten die heutigen Ideale, das musste sie zugeben, die heutigen Parolen immerhin den Vorzug, nicht gleich Kampf und Krieg und Unterwerfung unter falsche Führer zu fordern –

Es passte ihr nicht, ständig an die Nazi-Vergangenheit erinnert zu werden, sie mochte hier nicht weiter herumstehen und auf den plumpen Obelisken und die jungen Leute schielen, die unter sich bleiben und nicht wie Zootiere bestaunt werden wollten, sie schlenderte weiter, musterte Häuser, Geschäfte, Passanten, schaute auf dreckiges Grachtenwasser, suchte sich abzulenken, bloß weg von den Greueln der deutschen Besatzung, bloß weg hier, sie hatte noch zwei Stunden, bevor sie, als feiner Regen einsetzte, auswich in das Kaufhaus am Dam mit dem einladenden Namen Bijenkorf –

Auch hier unterschied sich alles von Frankfurt, von den Kaufhäusern der Zeil, die Tische mit den Waren, die Vitrinen, alles vornehmer und großräumiger, ohne Gedrängel und Geschiebe, überall Messingstangen, Teppiche, Vergoldungen, Spiegel, sodass sie, öfter als sie wollte, ihr blasses Gesicht unter dem hier so ärmlich wirkenden Hütchen sah, und jede Ware so teuer, dass ihr schwindelte, sie lief tapfer durch vier Etagen, bedrückt von der Fülle der vielen schönen Dinge, den Stoffen, Möbeln, Geschirren, Lampen, Schmuckstücken, Stickereien, so vieles und viel zu viel, dachte sie, selbst die schönsten und praktischsten Sachen sind doch eigentlich Plunder, und irgendwann werden wir unter diesem Plunder begraben liegen –

Trotzdem suchte sie weiter nach kleinen Geschenken für den Mann und die Kinder und fand in all dem Luxus nichts, hölzerne Serviettenringe vielleicht, aber an Serviettenringen fehlte es zu Hause nicht, den Kindern könnte sie Schokoladentaler mitbringen, aber für Reinhard gab es nicht mal eine erschwingliche Krawatte, sie hatte sich ohnehin vorgenommen, ihm keine Krawatten mehr zu schenken, Marie fühlte sich am falschen Ort, in einem Kaufhaus für die Königin, vielleicht auch der künftigen Königin mit ihrem Herrn Gemahl aus Bad Doberan –

Seufzend verließ sie den Bienenkorb, ging durch engere Straßen und entschied sich für den Bahnhof, aß an einem Kiosk ein billiges Reisgericht, jetzt esse ich zum ersten Mal nicht nur als Oraniertochter, sondern auch als Preußentochter, als direkte Nachfahrin des Soldatenkönigs, ein asiatisches Reisgericht, so herrlich verrückt ist die Welt, lachte ein Gedanke, und sogleich fand sie zu ihrer besseren Laune zurück, das Kaufhaus war ihr auf die Stimmung geschlagen, alles andere in diesen holländischen Reisetagen, selbst die Deutschen-Skepsis, war anregend gewesen –

An einem andern Kiosk erstand sie Schokoladentaler für die Kinder, sie holte ihr Gepäck ab, suchte den Bahnsteig für den Kölner Zug und setzte sich dort auf eine Bank mitten im Gewimmel, sie hatte noch anderthalb Stunden und beobachtete die Reisenden, die ein- und ausfahrenden Züge, das Bahnpersonal, hörte den Ansagen zu, freute sich, wenn sie etwas verstand, und jedes Mal wieder an der Formulierung *Niet instappen* –

Auch sie war nicht eingestiegen damals, Fünfundvierzig, als die Familie des späteren Prinzgemahls sich hinter die Elbe gerettet hatte, sie wusste auch nicht, ob der junge Mann, der heute in irgendwelchen niederländischen Schlössern herumsaß, bei dieser Flüchtlingsfuhre dabei gewesen war, wahrscheinlich Soldat irgendwo, und wenn er doch dabei gewesen wäre und wenn wir doch mitgefahren wären, wenn ich ja gesagt hätte, wer weiß, vielleicht hätte er eine von meinen Schwestern geheiratet und wäre mein Schwager heute, statt in kalten Schlossbetten für königlichen Nachwuchs zu sorgen –

*Niet instappen*, die Entscheidung damals war unvernünftig, verrückt und doch richtig gewesen wie ihre anderen eigensinnigsten Entscheidungen, und deshalb wird auch die Entscheidung von gestern, die Entscheidung von Den Haag die richtige sein, dachte sie, nun ganz entspannt, und holte das Buch über die Oranier aus der Tasche, blätterte darin und las sich fest bei Willems zweiter, der legitimen Tochter Marianne, die ihren angetrauten Preußenprinzen Albrecht, Schürzenjäger und Bruder des späteren Kaisers Wilhelm, verlassen und mit ihrem Kutscher einen Sohn gezeugt hatte, eine frühe Emanzipierte offenbar, eine Liberale, eine Kunstfreundin und Herrin des Schlosses Reinhartshausen bei Erbach –

Auch eine tolle Geschichte, überlegte Marie, das musste sie noch einmal in Ruhe und mit dem Wörterbuch nachlesen, Minnas Halbschwester wäre vielleicht auch ein Buch wert, eine so unkonventionelle Frau, das könnte den jungen Leuten, den jungen Frauen heute gefallen, oder beide Schwestern in einem Roman zusammen, nein, hör auf, lass dich nicht ablenken, *niet instappen*, nicht in jeden Zug einsteigen, der hier vorbeifährt, pack dir den Koffer nicht zu voll, vergiss das alles, vergiss diese Marianne, schau dich nur einfach hier um –

Das Hin und Her der Reisenden war ein abwechslungsreiches Schauspiel mit eignen Regeln, die Freude des Ankommens oder Abfahrens in jedem Gesicht ein wenig anders gefaltet und schattiert, die Ruhigen, die Eiligen, die Nervösen, die Wartenden, alle in verschiedenen Rhythmen ihrer Körper in Bewegung, alles schien zuverlässig, pünktlich, routiniert, aufmerksam, Marie spürte, dass etwas anders war als in Frankfurt oder Köln auf den großen Bahnhöfen –

Es gab bei diesen Nachbarn so eine freundliche Zivilität, etwas wie eine Ordnung, die nichts Strenges, nichts Drohendes, nichts Deutsches hatte, eine große menschendienliche Ordnung bis in die kleineren Gesten des

Händeschüttelns, Küssens, Winkens, bis zu der diskreten und selbstbewussten und doch unherrischen Art, wie die Männer ihre Zigarettenkippen zu Boden warfen und austraten –

Zwischen anderen Rauchern stand auf einmal der Deutschlehrer, stand vor ihr im Bild, der nun gar nicht nach Amsterdam passte, ihr rauchender, strenger, kluger Deutschlehrer Hensen aus Rostock, der auch an irgendeiner Front geblieben war, aber ihr zwei Sätze fürs Leben hinterlassen hatte, der Studienrat, der sie angetrieben hatte mit der Mahnung: Von Ihnen habe ich mehr erwartet!, und der sie vor dem Hochgestochenen, vor allzu viel Ehrgeiz bewahren wollte: Schreiben ist ordnen! –

Schreiben ist ordnen, die Stimme des Deutschlehrers, der diesen Satz nicht preußisch wie einen Befehl, sondern mit der ganzen knurrigen Wärme des Plattdeutschen gesprochen hatte, die mecklenburgische Stimme aus der Vergangenheit passte ihr jetzt in die große Ordnung von Amsterdam Centraal, sie musste sich ordnen und das, was ihr jetzt noch wild durch den Kopf sprang, vom Russen Gregor zum Rübenkraut im Ersten Weltkrieg, vom U-Boot-Torpedo bis zum Blitzschlag, der ein Pferd scheuen lässt, von den langen Röcken der Generalstochter mit dem langen Adelsnamen bis zum Verlobungskuss auf dem Leipziger Bahnhof –

Das alles musste geordnet, gesichtet, gerafft oder ausgebreitet, in die Reihe, in Zeilen gebracht werden, die Leute wollen stimmige, Schritt für Schritt nachvollziehbare, schön gerahmte Geschichten und keine Assoziationswirbel, obwohl jedem Menschen der Kopf schwirrt von morgens bis abends und in der Nacht, obwohl Gedanken freier schwärmen, als uns lieb ist, obwohl jedes Gehirn seine eigene Grammatik hat, obwohl kein Leben geordnet, jede Biographie eine Konstruktion ist und kein Lebenslauf in eine gerade Reihe zu bringen oder nur dann, wenn man das Schwierige, das Intime, die Umwege, die Ausflüchte, das Kreiseln, die Verzweiflungen und geheimeren Nöte weglässt oder verkürzt –

Trotzdem, die Anschlüsse mussten stimmen wie in diesem Bahnhof, die Kräfte eingeteilt werden, keine Verspätungen mehr, keine Viertelstunde, kein Tag durfte verlorengehen, jeden Tag recherchieren oder planen oder schreiben, das war das Wichtigste, sie spürte in all ihren Gliedern, dass eine neue Phase begann, die neue Freiheit verlangte eine noch strengere Disziplin –

Sie mochte nicht jammern, zu viel Zeit verloren zu haben und mit allem so spät oder zu spät dran zu sein, die jahrzehntelangen Schwierigkeiten waren vorbei, die Kinder aus dem Gröbsten, wie man sagte, heraus, die Armut und Knauserei ein wenig gelindert, die Nachkriegszeit vorüber, hoffentlich, mit fünfzig Jahren fängt der wahre

Autor doch erst an, nach dem Gesellenstück der Thadden-Biographie konnte der Durchbruch folgen, der große Fontaneschritt vom Journalisten und Balladendichter zum Romanmeister –

Auch der tüchtige Uropa Willem hatte erst mit Mitte vierzig als König anfangen können, aus seinem Ländchen einen wirtschaftlich blühenden Staat zu machen mit dem Bau von Grachten und Straßen, mit der Förderung der Kaufleute und Bankiers, das hatte sie an diesem Vormittag gelernt, eine wichtige Neuigkeit, und, einmal im Rausch der guten Vorsätze, nahm sie sich vor, lieber den tatkräftigen Willem als Vorbild zu sehen als den unerreichbaren Romanmeister aus Berlin –

Aber Willems Nachfahren wünschen keine Romane, sie mögen keine Liebesgeschichten, dabei braucht die Welt doch Liebesromane gerade nach den Zeiten des Hasses, gerade in einer Welt, in der so viel gehasst wird, sagte sie sich, wo die Amis die Vietnamesen abschlachten, vergiften und hassen und die Vietnamesen darum immer mehr zu hassenden Kommunisten werden, in einer Welt, in der die Russen die Tschechen unterdrücken und erschießen, in der die alten Deutschen die jungen Deutschen und die jungen Deutschen die alten hassen und die Niederländer die Deutschen vielleicht nicht mehr hassen, aber nicht mögen, da müssen doch Romane her, Liebesromane, europäische Liebesromane –

Auch für die mit dem Abzeichen *Make love not war*, auch für die rebellische Jugend, für die Kinder wäre es wichtig zu schreiben, um ihnen, ohne Zeigefinger, nur mit der subtilen Kraft der Literatur zu zeigen, wie gut sie es haben in dieser Zeit ohne Krieg, ohne Hunger, ohne Diktatur, ohne Trauschein vor den Liebesnächten, ohne Angst vor ungewünschter Schwangerschaft, ohne Verbote von bestimmten Büchern, Filmen, Musikstücken, ohne Schikanen beim Denken, Reden, Glauben, wie gut und so viel besser als ihre Eltern und Voreltern sie es haben und trotz des relativen Wohlstands sich anschicken, alles umzustürzen und sich unnötige Niederlagen selbst einzuhandeln, ihnen allen und nicht zuletzt den Enkelinnen und Enkeln des Kapitäns wollte Marie von der Liebe in den härteren Zeiten des Krieges und der Niederlagen erzählen –

Jetzt war die Chance da, drei Geschichten warteten auf ihre Autorin, die mitten im Gewimmel und Gedränge auf dem Bahnsteig gelassen auf einer harten Wartebank saß und die Wohltat spürte, allein zu sein, Pläne zu schmieden und zu wissen, dass alle Arbeit noch vor ihr lag und dass nicht der Stoff, sondern die Sorgfalt des Handwerks die Meisterin zeige, das Ordnen und Fügen der Motive, der Figuren, der Absätze, der Rhythmen, der Sätze, der Wörter, der Pausen, der Satzzeichen –

# 3

Als der Zug nach Köln abfuhr, war es dunkel geworden, die Vorstädte Amsterdams strahlten dem Januarabend mit der Pracht ihres künstlichen Lichts entgegen, und Marie auf ihrem Gangplatz erlaubte sich neugierige Abschiedsblicke einer Touristin, die nichts verpassen will, an den Köpfen der Mitreisenden vorbei nach draußen auf den Hafen, die großen Schiffe, die Hochhäuser, auf das Spiel der Lichtpunkte aus Laternen, Autoscheinwerfern, Positionsleuchten über Straßen und Grachten –

Am besten gefielen ihr die Einblicke in die Wohnungen, in keinem der Zimmer der näheren Wohnblocks waren Vorhänge zugezogen, im beschleunigten Fahren nahm sie noch ein paar Schnellbilder von fremden Leben mit, flüchtige Momentaufnahmen von Menschen, die Hüte ablegten, Küchenschränke öffneten, Zeitung lasen, an Tischen saßen, über ihnen oder neben ihnen Lampen, hässliche, schöne, trübe, strahlende Lampen –

Immer schneller rollte der Zug aus städtischen Schluchten heraus, die Lichtpunkte wurden weniger, Fassaden traten zurück, Häuser wurden kleiner, der Abendverkehr auf den Straßen floss langsam im flutenden Gelblicht der Peitschenlampen und Scheinwerfer, und Marie atmete durch, die Reise hatte sich gelohnt, fünf Tage allein im Ausland, das Abenteuer war bestanden –

Sie freute sich, bald wieder in ihrer Sprache sprechen zu können, frei und ohne die Deutschscham, die sie sich in diesen Tagen angewöhnt hatte, ohne Kenntnis der Landessprache und ohne Englisch auf Deutsch reden zu müssen mit Leuten, die diese Sprache nicht gern hörten aus verstehbaren Gründen, das war anstrengend, das machte sie immer wieder verlegen, als eine Deutsche aufzufallen –

Selbst in dem niederländischen Zug zwischen den einheimischen Passagieren als heimfahrende Ausländerin, als Deutsche auf dem Rückzug nach Deutschland, empfand sie, zur Feinfühligkeit erzogen, diese Scham noch, obwohl man sich nur mit knappen Worten begrüßt hatte und im Abteil höfliche, ruhige Leute saßen, zwei Zeitungsleser, eine Buchleserin, zwei müde Gestalten –

Am Abend würde sie wieder frei sein von solchen Skrupeln, sie freute sich, in gut zwei Stunden beim Bruder und bei der Schwägerin in Leverkusen zu sitzen und über die Eltern zu plaudern und das Programm für den achtzigsten Geburtstag des Vaters zu planen, sie freute sich, von Leverkusen aus endlich Reinhard und die Kinder anzurufen –

Eine kurze, schnelle Reise, Utrecht, Arnhem, Emmerich, Düsseldorf, sie fuhr mit fünf Fremden im Abteil und spürte, dass noch ein siebter Reisender zwischen ihnen saß, ein unsichtbarer, blinder Passagier, der Vater, vertraut und nah, fast immer und überall anwesend, wo Marie sich aufhielt, nicht nur am Meer bei Scheveningen und an der Schwelle der Träume, der Vater, der ihr auf Schritt und Tritt folgte oder den Schritten und Sprüngen ihrer Gedanken nachsetzte und manchmal den Finger hob oder die Stirn runzelte, der Allgegenwärtige, die innere Stimme –

Kaum hatte der Zug seine Geschwindigkeit erreicht, sah sie ihn neben sich sitzen, den ewigen Reisenden, den mobilen Missionar, der schon als junger Kerl ständig unterwegs gewesen war, nicht nur in U-Booten und Kriegsschiffen, auch in Eisenbahnen auf tagundnachtlangen Touren, weil seine U-Boote bei der Deutschen Flottille im Mittelmeer lagen, im österreichischen Hafen Pola auf Istrien –

Sie brauchte die Augen nicht zu schließen, um ihn da sitzen zu sehen, in ganz anderen Zügen, in anderen Zeiten, den kleinen Kapitän, der noch kein Kapitän war, den jungen Seeoffizier, von seiner Uniform zusammengehalten, von seinem Glauben an den Kaiser gestärkt bis in den kleinsten Wirbel der Wirbelsäule, sie sah ihn im Bahnabteil, auf einem der sechs Plätze mit anderen Offizieren des Heeres und der Marine und aus den Stäben, Deutsche wie Österreicher, ständig auf Reisen zwischen Einsatz und Urlaub, zwischen Dienst und Kommando –

Sie versuchte, die Phantasie so locker im Takt rotieren zu lassen, wie die Räder unter ihr rollten und in die Schienenlücken schlugen, eigentlich wollte sie das Programm für die große Geburtstagsfeier planen, nun drängten sich aber mit aller Wucht der Phantasie die Buchpläne vor, und es festigte sich die Idee, die Liebesgeschichte des jungen Mannes mit einer langen Eisenbahnfahrt anfangen zu lassen, mit der Urlaubsfahrt zum Begräbnis des jüngeren Bruders, des Infanteriebruders, 1916 müsste das gewesen sein, und sich einzufühlen in die Einsamkeitsgedanken des Mittzwanzigers, der begreifen muss, nun der einzige, der letzte der drei Brüder zu sein –

Der sich für die Marine nur deshalb entschieden hatte, weil zwei andere Kadetten-Kameraden nichts so hart, übel und abschreckend fanden wie die Marine und ihm, dem kleinen, schmächtigen Schabow, nicht zutrauten, die brutale Schinderei auf den Schiffen auszuhalten, worauf er, der kleine Hans mit siebzehn Jahren, aus bloßem Trotz Kontra gab: Ich werd euch zeigen, wie ich das aushalte!, und gegen den Rat aller sich nicht für die Infanterie meldete, sondern für die Laufbahn als Seeoffizier –

Obwohl er weder das Meer liebte noch die Technik noch Fernweh verspürte, wurde er ein Seemann und musste auch lernen, was nicht im Lehrplan stand, dass man auf den Booten ständig von Kameraden umstellt ist, kontrolliert und niemals für sich rund um die Uhr, trotzdem diente er sich hoch, nun auf seiner langen Fahrt den Bruder betrauernd, der bei der Infanterie gewesen war –

Marie holte Notizblock und Kugelschreiber aus der Handtasche, mitschreiben, keine Idee verschleudern im Fahrtwind hinter dem Fensterdunkel, sich einfühlen, dachte sie, während ihr Zug durch einen hell erleuchteten Kleinbahnhof schoss, in diesen Kadetten mit seinem kindischen Trotz, aus lächerlichem Ehrgeiz sein Schicksal würfelnd –

Einfühlen in den erfahrenen U-Boot-Mann sieben, acht Jahre später, auf dem Wasser noch mehr gefährdet als die andern Soldaten, der über Gefahren und Schicksal nicht nachdenken wollte bei seinen Unternehmungen, wie man die Kampfeinsätze, Torpedoangriffe, die Versenkung der Feindschiffe und ihrer Besatzung und Passagiere nannte und zu nennen hatte, die versenkten Bruttoregistertonnen wurden geschätzt und stolz gemeldet, nicht aber die Zahl der ertrunkenen Feinde –

Der immer wieder erleichtert an Land ging, wenn er von einer Unternehmung zurückkehrte, für drei Wochen Heimaturlaub zurück ins gefahrlose Leben, der junge Mann die Glieder streckend nach der stählernen Enge des U-Boots und aufatmend im Küstenwind nach dem Männerschweiß, nach immer wieder den gleichen Gesichtern, nach dem stickigen, öligen Mief in Kabinen und Kojen und die Ruhe genießend nach dem ständigen Maschinenlärm aus der Tiefe –

Mit Wohlgefallen in Pola und Triest und bei jedem Umsteigen die zuverlässigen Dampfloks betrachtend, die ihn vom Mittelmeer bis zur Ostsee zogen und wieder zurück, von einem Hafen, von einem Bahnhof zum andern, und die Waggons, in denen man die Arme ausstrecken und frei hin- und hergehen und zwischendurch die Fenster öffnen und sich im Fahrtwind hinauslehnen konnte, während das Schiff in Pola blieb, überholt und neu bestückt wurde –

Der junge Mann, der kaum etwas so genossen hat wie die langen Fahrten hinter dampfenden Loks auf festem Erdboden, in verschiedenen Zügen unterwegs, von Pola nach Triest und durch die Alpen und Wien und Böhmen und Prag und über Dresden und Berlin nach Kiel oder Mecklenburg, und vom Süden Österreich-Ungarns bis in den Norden des Deutschen Reichs, mit genügend Zeit, über seinen kindlichen Trotz, den pubertären Ehrgeiz zu schmunzeln, die Marine gewählt zu haben –

Wie oft wird er diese Strecken gefahren sein in den zweieinhalb Jahren seiner Stationierung im Süden, wie oft den auf höchste Wachsamkeit, auf Farben und Bewegungen des Meeres und die Konturen der feindlichen Schiffe gedrillten Fernglasblick umgestellt haben auf das Wohlgefallen an Landschaftsgrün und Felsengrau und Gipfelweiß an den Bahnstrecken, auf die Idyllen der Kornfelder, Wiesen, Wälder, allmählich entspannend, schlafend und dösend im Takt der Schwellenschläge, soweit die Uniform und die pausenlose Grußpflicht es zuließen im Offiziersabteil, mit kleinem Koffer und dürftiger Verpflegung, immerhin mit einer Reichsfleischkarte für den Speisewagen –

Aber keiner reiste unbeschwert und heiter durch die Kriegsjahre, alle hatten sie ihre Toten im Gepäck, lange Reihen der Begrabenen und noch nicht Vergessenen und Vermissten ständig im Kopf, bei Hans waren das zuerst die Eltern, der von seinem Pferdesturz und der Querschnittslähmung in den Tod geglittene Vater und die in die Anstalt gesperrte, totgestellte Mutter –

Dann der abgestürzte ältere Bruder, der Fliegerbruder, die von Diphtherie weggeraffte Lieblingsschwester, ein Stiefbruder und alle paar Wochen ein anderer Vetter, alle paar Wochen ein anderer Freund aus der Kadettenzeit in Plön oder Lichterfelde, und nun im prächtigen September des dritten Kriegsjahres, das müsste der Anfang der

Erzählung werden, überlegte Marie, nun auch in Trauer um den an der Somme gefallenen jüngeren Bruder, den Infanteriebruder, zu dessen Beerdigung er fuhr, die schönen Landschaften und den Friedhof im Kopf –

Scharen von Toten, Heerscharen von Freunden und Kameraden, die auf Kreuzern, Zerstörern, U-Booten versunken waren, und bei Hans von Schabow geisterte zu allen anderen noch ein besonders großes Schiff voll toter Kameraden durch Träume und Albträume, achthundertfünfzig Männer der *Pommern* auf einen Schlag –

Auf dem älteren Schlachtschiff *Pommern* war er lange kommandiert gewesen, zwei Jahre im Frieden, zwei Jahre im Krieg, dort aufgestiegen vom Leutnant zum Oberleutnant und Adjutanten, auf keinem andern Schiff hatte er so viele tüchtige Kerle gekannt, auf keinem andern war er so zu Hause gewesen wie auf diesem Schiff, das als das sicherste Kommando gegolten hatte, ein langsamer, schlecht gepanzerter, schlecht bewaffneter Pott, der nie in die vorderen Linien geschickt wurde –

Die *Pommern* war seine zweite Heimat gewesen, da waren ihm die Seebeine gewachsen, da hatte er seine härteste Probe bestanden, die Untätigkeit aushalten mit all seiner Kampfeslust im Leib, das Abseitsstehen, das monatelange Zusehen, während das Heer lospreschen und losdreschen durfte und die Luftkrieger von oben losschießen konnten bis zur letzten Patrone, hatte die Marine sich zurückhalten und die alte *Pommern* in der Deutschen Bucht in Reserve liegen müssen –

An allen Fronten und Grenzen rang das Reich mit den Feinden, und es gab nichts Scheußlicheres für die jungen Seeoffiziere als die Untätigkeit, dabei hatten sie noch geregelte Nachtruhe, ordentliche Verpflegung, korrekte Uniformen, sie kannten weder MG-Feuer noch Schlamm noch Stahlhelme noch Bauchschüsse noch Gas, hatten nicht einmal den Rauch aus dem Schornstein eines englischen Kreuzers gesichtet, und sie jammerten darüber und trauerten, den Krieg vor Brunsbüttel zu verdümpeln, in der Deutschen Bucht zu verrosten, und fühlten sich als Flotte diskriminiert, weil sie nicht zum Einsatz kamen, und murrten unter sich: *Lieber draufgehen, als, ohne einmal im Gefecht gewesen zu sein, wieder nach Hause zu müssen* –

Und vier Wochen nachdem er es endlich geschafft hatte, zu den U-Booten ins Gefecht versetzt zu werden, hatte sich die *Pommern* dann doch Richtung Feind bewegen dürfen, war zur Schlacht von Skagerrak ausgerückt, sofort getroffen und versunken mit achthundertfünfzig Mann, mit denen er vorher das Leben geteilt hatte, und keiner gerettet, kein einziger, nein, dachte Marie, ich will mir das, ich kann mir das gar nicht vorstellen, aber er, wie veränderte das seine soldatische Seele –

Die achthundertfünfzig Männer der *Pommern*, die Verwandten, die Bekannten, all die vielen hundert toten Männer, die er, ob er wollte oder nicht, im Gedächtnisgepäck mit sich schleppte auf seinen Eisenbahnfahrten zwischen Mittelmeer und Ostsee und in der Koje im Stahlbauch und auf den Spazierwegen durch die Felder bei Vietgest, und nun, es hörte nicht auf, noch einer mehr, der liebste von allen, mit dem er so viele lustige Briefe gewechselt hatte von Front zu Front, der kleine pfiffige Bruder Otto –

Nach jeder schwarzen Nachricht, nach jedem Telegramm die gleichen Empfindungen, die gleichen Übungen, die gleichen Formeln, mit denen er versuchte, das Nichtdenken zu lernen, *das ist eben der Krieg, das gehört notwendig dazu, es hat keinen Sinn, sich darüber viele Gedanken zu machen, nur nicht zu viel daran denken, es kommt nichts dabei heraus, man muss seine Pflicht tun, für das Vaterland ist kein Opfer zu groß* –

Wie viele tausend Mal hatte er vor dem Einschlafen oder beim Dösen in der Bahn solche Beruhigungsfloskeln heruntergebetet, *das ist eben der Krieg*, jeden Tag musste das Nichtdenken geübt und durchgehalten, jeden Tag wieder neue Gesichter grau eingefärbt und schwarz umrandet werden, jeden Tag die Abwehrschlacht gegen das Störfeuer im Gehirn, dies endlose Blutvergießen könnte vergeblich oder sinnlos sein –

Wie schafft das ein junger Kerl von Mitte zwanzig, der nichts gelernt hat außer dem Kriegshandwerk, das für ihn nur in die Selbstverständlichkeit eines Sieges, eines ewigen deutschen Sieges münden kann, wo schiebt er all diese Toten hin, wenn er sie nicht seinem Kaiser vor die Füße legen darf, überlegte Marie, als der Zug in den Bahnhof von Utrecht einfuhr und hielt –

Als viele Leute ausstiegen und das Gewimmel auf Bahnsteigen und Treppen ihr die Freude machte zu denken: Ich bin unter Lebenden, ich atme im Frieden, ich fahre frei und freiwillig von Amsterdam durch Utrecht nach Köln und Frankfurt, ich könnte aussteigen, ohne bestraft oder erschossen zu werden –

Wie werde ich mich in diesen Mann einfühlen, vielleicht weniger in den Offizier und mehr in den Bahnreisenden, überlegte sie und wechselte auf den frei gewordenen Fensterplatz, immerhin bin ich die, die ihn am zweitbesten kennt, seine Erinnerungen gelesen, gründlich gelesen und einige alte Briefe studiert hat und ihn befragen kann, auch wenn er aus Bescheidenheit oder weil ihm seine glaubenslose Zeit peinlich ist, nicht viel antworten wird –

Sich in einen Mann einfühlen als Frau, in einen Vater als Tochter, das hatte einige Tücken, das mochte gelingen, aber wie kann man von einem Mann, einem jungen Mann her fühlen und denken, der nicht denken will, der das Nichtdenken anstrebt, weil er spürt, dass jedes Nachdenken im Krieg nur zum Wahnsinn führen kann –

Einfühlen in einen Trauernden, der keine Gefühle zeigt und zeigen darf und zeigen will und keine Tränen, einfühlen in einen Gefühlsverweigerer, der seine frühen Erschütterungen versteckte, aber nach fünfzig Jahren dann doch berichtete von den Augenblicken, als er, Wachoffizier des U 39, mit dem Kommandanten im Turm gestanden und im Sehrohr das Spektakel eines Schiffsuntergangs aus größter Nähe beobachtet hat –

Wie ein von den Geschützen des U-Boots getroffener italienischer Truppendampfer versank, dreihundert, fünfhundert oder mehr Männer zusammengedrängt am aufragenden Heck, klammerten, schoben, rutschten, Klumpen von Leibern, viele hingen an Strickleitern und Tauen an der Reling und wurden doch in die Tiefe gerissen, stürzten hinab und ertranken, immer neue Körper fielen aus der Schräge des Wracks oder lotrecht ins Meer, nur wenige von den paar hundert Soldaten wurden aus dem Wasser gefischt von italienischen Rettungsbooten, die man dabei nicht störte, weil man auch Ritterlichkeit zeigen wollte im Kriege –

Mit den Bildern versenkter Schiffe und ertrunkener Soldaten, die ihm vielleicht doch das Gewissen beschwerten nach und nach, durfte er in den österreichischen Zug steigen, hinauf in den Norden, Urlaub zum Begräbnis des Bruders bewilligt mit einigen Zusatztagen zur Erholung bei den Pflegeeltern, weil er nun der letzte der Brüder war, der Einzige seines Stammes und als U-Boot-Offizier besonders gefährdet –

Vielleicht, überlegte Marie, teilt er mit mir die Freude an geschlossenen Schranken, die Blicke aus Abteilfenstern auf die wartenden Fußgänger und Fahrzeuge, an diesem Abend einige Radfahrer und die Reihen gelber Autoscheinwerfer, damals Kutschen, Bauernwagen und selten ein Automobil in böhmischen oder sächsischen Gegenden, die kleine Schadenfreude jedes Bahnreisenden: seht, für mich, für uns werden die Schranken geschlossen, wartet ihr nur, bleibt, wo ihr seid, ich rausche ungebremst weiter, ich habe Vorfahrt –

Und am Ende der taglangen Fahrt und nach dem Begräbnis des jungen Bruders noch in Trauerschwarz die Überraschung, das Geschenk des Himmels, wie es später hieß, das Mädchen, das in diesen Septembertagen ebenfalls zur Erholung auf das Gut Vietgest gekommen war, die Generalmajorstochter mit dem langen adligen Nachnamen, mehr als zwei Jahre zuvor fast verlobt mit dem älteren Bruder, mit dem abgestürzten Fliegerbruder Friedrich –

Sie hatten schon miteinander korrespondiert, des Bruders und Fastverlobten wegen, aber sich nie kennengelernt, jetzt saßen sie mit seinen Stiefeltern, Halbgeschwistern und anderen Verwandten im Wintergarten am großen Frühstückstisch, die schöne, stattliche Mittzwanzigerin Hildegard und schräg gegenüber der kleine Marineoffizier Hans, der selten an Land kam, selten an größere Tafeln oder in Gesellschaft geladen wurde, noch seltener in die Nähe heiratswürdiger junger Mädchen –

Marie, einmal auf dieser Phantasiebahn, den Blick nach draußen ins Dunkel auf ferne Häuser gerichtet, sah die Szene genau vor sich und den Vater, den Torpedokapitän, als Schüchterling: der junge Mann schrickt zurück, so schön darf ein Mädchen nicht sein, es ist ein Traum, und ein Soldat darf nicht träumen, zu oft hat er gedacht, er werde allein bleiben müssen im Leben, so fernab in den Tiefen des Meeres, so unerfahren mit Damen, so arm und ohne Aussicht auf ein wenig Vermögen und ohne Fertigkeiten außer der brotlosen Kunst des Befehlens und Schießens –

Er zieht sich in den Panzer der Schüchternheit, in seine angedrillte Männerstarre zurück, zu lange ist der Marineoffizier einem jungen Mädchen nicht mehr nahe gewesen, das raubt ihm die Worte, er hat Angst, sich durch seine Blicke zu verraten, und noch größer ist die Angst, dass sie immer noch ihren Friedrich liebt –

Während die junge Frau in den Gesichtszügen des Marineoffiziers sofort einen, wie sie später sagte, einen so lieben, sympathischen Ausdruck erkennt und die feinen Ähnlichkeiten mit dem abgestürzten Flieger, Kopfhaltung und lachende, flinke Augen und ein ansteckendes Gickern beim Erzählen, wenn er denn einmal den Mund aufmacht –

Vielleicht lasse ich ihn, weil er der jungen Dame imponieren will, von den Hofbällen im Berliner Schloss erzählen, dachte Marie, an denen er wie die anderen adligen Lichterfelder Kadetten der unteren Prima als Hofpage zu dienen hatte, mehr oder weniger als Dekoration an der Wand, aber die kaiserliche Familie, berühmte Fürstlichkeiten, Generäle und Minister aus der Nähe betrachten konnte bei Ordensfesten, Bällen oder Neujahrsempfängen –

Der Kaiser, sein Hof und die Pracht des Berliner Schlosses waren ein besseres Gesprächsthema als seine Kriegserlebnisse oder die Kriegslage, über die man nicht mehr gern sprach wegen der schwindenden Siegesgewissheit, vor allem aber wollte er dieser Hildegard beweisen, mehr im Kopf zu haben als Krieg und Militärpolitik –

Marie hatte sich von den Eltern einmal die erste Begegnung erzählen lassen, die entscheidenden drei Tage von Vietgest auf dem von Endmoränen leicht gehügelten mecklenburgischen Land bei Güstrow, und sie wunderte sich, wie viel sie davon bei der abendlichen Zugfahrt durch Holland noch im Kopf hatte, sie konnte das leicht ausmalen, obwohl es nicht viel zu malen gab, keine Berührungen oder gar Küsse, kein Tauchen in die Augen des andern, nur verstohlene Blicke, keine lebhaften Gespräche, keine Versprechungen –

Der Anfang mit größter Zurückhaltung, obwohl mit dem ersten, behutsamen Lächeln in beiden Gesichtern alles entschieden ist, aber nichts gesagt, so gehen die jungen Leute durch den Park, sie fünfundzwanzig, er sechsundzwanzig, sprechen über ihre Toten, sie hat vor zwei Jahren ihren Zukünftigen, vor kurzem ihren Lieblingsbruder verloren und zwei Wochen zuvor ihren Lieblingsvetter, dazu die anderen Vettern, Freunde und Bekannten, fast jeden Monat einen, er hat drei Geschwister und einen Stiefbruder verloren und mehrere Vettern, Freunde und Bekannte, und wie das verbindet, zusammen trauern zu dürfen –

Abends in der Familienrunde Mühle und Dame und Halma und das gemeinsame Vergnügen an solchen harmlosen Spielen mit harmlosen Siegen und Niederlagen, die Sehnsucht nach häuslichem Frieden, während weit draußen um Mecklenburg herum im Westen und Osten und Süden und Norden die großen Völkerschlachten toben –

Ein Morgenspaziergang querfeldein ohne Weg und Steg durch den Wald, über Hecken, Zäune und Gräben, er mit der schwarzen Binde am Ärmel darf ihr helfen, mit dem langen Rock über die Hindernisse zu kommen, ein Mädchen, das so etwas gestattet, ist schon gewonnen, aber Worte darüber wären unfein und aufdringlich, der Offizier bleibt Gentleman und drängt nicht auf Berührungen oder Küsse oder auf das erst bei einer Verlobung fällige Du, die Rituale der Annäherungen in ihren Kreisen kennen sie beide –

Auf dem Weg im Kutschwagen zum Bahnhof Lalendorf und beim kurzen Händedruck und angedeuteten Nicken fasst Hans von Schabow den Entschluss, nicht abzutauchen und seine Chance auf brieflichem Wege zu nutzen, wenn er schon das Glück hat, das unverdiente Glück einer Ahnung, die Neigung einer adligen Schönen könnte auf ihn, den kleinen Wachoffizier von U 39 und künftigen Kommandanten, gefallen sein, dann darf es keine Bedenken geben, dass sie schon einmal fast verlobt und versprochen war einem andern, vom gleichen Stamm, vom gleichen Holz immerhin –

So kann er mit seinem älteren Bruder gleichziehen, das Vorbild würdig ersetzen, und der Tote, das fühlt er, wäre mit der neuen Verbindung einverstanden, also heißt es Briefe schreiben, die nichts von seiner Entschiedenheit verraten, nicht zu Liebesbriefen ausarten und nur mit

Andeutungen garniert werden dürfen, und bei der Eroberung des Herzens die zarten Waffen der Poesie einsetzen –

Für die Generalmajorstochter Hildegard ist bei dem schüchternen Händedruck von Lalendorf der erste Geliebte schon mit dem künftigen Geliebten verschmolzen, dieser scheint kein geschickter Tänzer wie sein Bruder, mit dem sie über das Parkett des Schweriner Schlosses gewirbelt ist, aber es sind auch keine Zeiten zum Tanzen –

Es stört sie schon nicht mehr, dass der ein U-Boot-Mann ist, nur jeder Zweite von denen kommt zurück, das sagt kein Mensch laut, aber das ist allen beklemmend bewusst, ein Todeskandidat wie viele, wie alle heiratswürdigen jungen Männer, und oft sterben die besten weg, manche kommen mit zerschlagenen Köpfen oder ohne Beine oder Arme zurück, auch sie möchte keine Witwe werden und möglichst keine Pflegerin eines Versehrten, eines Krüppels –

Sie will aber nicht selbstsüchtig sein und warten, bis der Krieg gewonnen ist und sie unter den verbliebenen Offizieren sich den passenden suchen kann, das Vaterland ist in größter Not und kurz vor dem Siegfrieden, auch Frauen, auch Bräute, alle müssen Opfer bringen, außerdem gibt es immer weniger Männer, es wird nicht leichter, einen passenden zu finden, aus dem richtigen Stand, aus ordentlicher Familie, sie ist nun fünfundzwanzig, in zwei, drei Jahren eine alte Schachtel, sie darf nicht warten –

Aber sie muss gar nicht viel denken und Vernunftgründe aufbieten, das wusste Marie, es ist ganz einfach: Hildegard ist verliebt, verliebt in das Lachen, in das ansteckende hohe Gickern dieses zweiten Schabow, das sie an das Lachen ihres ersten Schabow aus dem Vorkriegsfrühjahr und dem Vorkriegssommer erinnert –

Sie braucht nur auf ihr Herz zu hören und die Zunge umzustellen von Friedrich auf Hans, und der Tote, das fühlt sie, wäre mit der neuen Verbindung einverstanden, also heißt es Briefe schreiben, die nichts von ihrer Entschiedenheit verraten, nicht zu Liebesbriefen ausarten und nur mit zartesten Andeutungen garniert werden dürfen, solange er seine Verlobungsabsicht nicht erklärt –

In diesem Jahr 1916 sitzt auch Hildegard oft in Zügen, von einer Beerdigung zur anderen, von einer Trost- oder Erholungsreise bei Verwandten zur anderen, nach der Begegnung von Vietgest fährt sie nach Altenburg zurück, beladen mit Äpfeln, Eiern, Butter und Hähnchen, Schätze, die mit Marken kaum mehr zu kaufen sind, und die ertauschte Pfanne *Der deutschen Hausfrau Opfersinn gab Kupfer für das Eisen hin* zaubert auch kein Fleisch herbei, und wie trostlos muss es im Reich aussehen, wenn das

Kriegsministerium den Hausfrauen Anweisungen für die Zubereitung von Tee aus getrockneten Blättern von Beeren gibt und niemand an des Kaisers Wort zu erinnern wagt *Ich führe euch herrlichen Zeiten entgegen –*

Hildegard aber zum ersten Mal nach zwei Jahren ganz leise und herrlich verliebt, arbeitet weiter in der Volks- und Suppenküche und im Kriegerheim, ihre Mutter im Lazarett, zum Tee oder abends sitzen die befreundeten Damen der adligen Militärs der Altenburger Garnison in wechselnder Runde und immer gemütlich, wie sie sagen, zusammen, Hildegard mit ihrem Geheimnis –

Das sie bald ihrer besten Freundin und nach Wochen ihrem Tagebuch anvertraut, *und innerlich nahm mich noch etwas anderes voll und ganz in Anspruch – so sehr, wie ich es nicht für möglich gehalten hatte. Und es bildete das Gleichgewicht für das grenzenlos schwere Entbehren, den Ausgleich für alle dahingegangene Liebe und erfüllte mich mit einer so seligen, unbeschreiblichen Freude, die mir selbst oft unheimlich war – nein, ist. Denn ich spüre die Freude und die Seligkeit ja täglich mit so heißem Dankes- und Glücksgefühl. Fürs erste heißt es warten, warten und immer wieder warten –*

In Arnhem war ein älteres deutsches Ehepaar zugestiegen mit zwei großen Einkaufstaschen, danach kamen Uniformierte ins Abteil, Zoll und Grenzschutz, stellten ihre

Fragen, waren mit kurzen Antworten und einem Blick in die Ausweise zufrieden –

Nein, keinem Zöllner muss ich gestehen, dachte Marie, von frecher Fröhlichkeit gekitzelt, dass ich als Urtochter des holländischen Königs nach Holland eingereist bin und als Urtochter auch der preußischen Könige wieder zurückreise, mit doppeltem Schmuggelgut, den Stammbaum heimlich veredelt, zwei ganze Königshäuser, in ein paar Blutstropfen versteckt, sind zollfrei, der Stammbaum ist zollfrei –

Die Feindschaften sind abgeschafft, die Kaiser und Könige, die verwöhnten, verzankten Vettern müssen nicht mehr ihre Völker aufeinanderhetzen, so einfach kann es sein, über Grenzen zu rollen, bequem am Fensterplatz, von einem einst feindlichen Staat in den andern, so leicht und selbstverständlich, und wieder pries sie ihr Glück, in diesen Zeiten zu leben und nicht in dem fürchterlichen Krieg, den sie mitgemacht hatte, oder in dem ersten Krieg ihrer Eltern, der ihr, je mehr sie daran dachte, nicht weniger fürchterlich schien –

Die Frage nach der Liebe in den Zeiten des Krieges, die könnte sie zu ihrer speziellen Frage, zu ihrem Angelpunkt machen, aber das hieße auch, dass sie bei diesem jungen Paar nicht allein zu beschreiben hätte, welche Regungen zu Neigungen, welche Neigungen zu Sehnsüchten, welche Sehnsüchte zu Liebe werden, all die leisen, behutsamen, gewaltigen Blicke, Gesten, Worte, die ab einem bestimmten Punkt zu Lebensentschlüssen werden, sie müsste ebenso versuchen, in jeder Situation die nähere oder fernere Völkerschlacht im Hintergrund einzublenden, den Lärm des Todes –

Das Erschrecken über das Schicksal, das sich nicht zugunsten der Deutschen und Österreicher wenden will trotz so viel Gottvertrauen, patriotischer Begeisterung und Kaisertreue, Gott und Krieg, das hatte Marie oft irritiert, die Frage, ob ihre Eltern je daran gedacht haben, dass Gott völlig überfordert gewesen sein muss in einem Weltkrieg, der von allen Parteien angerufene Gott, der von den Feinden, den Russen ebenso um Beistand angefleht wurde wie von den Franzosen und Engländern und Italienern und auf der anderen Seite von den Österreichern und erst recht von den Deutschen, der von allen Feinden und Freunden beanspruchte Gott, inbrünstig von Orthodoxen, Katholiken, Protestanten auf beiden Seiten der Front zur Parteinahme aufgefordert, genau wie der Heidengott Allah bei den türkischen Freunden und den Feinden auf dem Balkan –

Was sollte er machen, für wen sollte er sich entscheiden, der allmächtige, der arme liebe Gott, wer sagte denn, dass nur deutsche Siege durch Gottes Gnade zustande kamen, wie der Kaiser in seinen Botschaften behaupten ließ, und dass Gott den Deutschen den Vorzug geben sollte, waren sie denn die besseren Gotteskinder, die fleißigeren Gottesanbeter, oder waren sie die schlechteren, weil ihre Gebete nicht erhört wurden am Ende, die deutschen Protestanten, die sich für die besten Christen der Welt hielten, das hätte sie den Vater in einer mutigen Stunde gern einmal gefragt –

Gottes Wege sind unerforschlich, hätte er wahrscheinlich geantwortet, und niemand solle meinen, in seine Ratschlüsse vordringen zu können, er wisse schon, wen er strafe, wem er helfe, wahrscheinlich hätte er von der nötigen Strafe gesprochen, von der Gottesferne der überheblich gewordenen Deutschen, außerdem hätte er doch alle bestraft, alle Europäer zur Einkehr und Buße verwiesen –

Das unaufhörliche Erschrecken, das deutsche Reich in ein Totenreich verwandelt zu sehen, ein nicht mehr stabiles, nicht mehr vorwärtsstürmendes Vaterland, das nun an allen Grenzen kämpfend stillsteht und jeden Sieg mit einer Niederlage bezahlt und jede Niederlage mit einem Sieg wettmacht und die Friedhöfe füllt mit jungen Toten, in den Formeln der Abschiedsanzeigen schnell noch zu Helden befördert, sodass man wieder und wieder erschrickt über die Inflation an Helden –

Die von Monat zu Monat wachsende Beschwörung von Kampf, Opfer, Pflicht, Einsatzbereitschaft, Sieg und Siegfrieden und die Hoffnung auf die Weisheit der Obersten Heeresleitung und die Allmacht des Kaisers, während es in den Geschäften immer weniger zu kaufen gibt und alles teurer wird und der Teller nicht mehr so gefüllt wie im Jahr zuvor und erst recht in den nun schmerzlich vermissten, einst so unerträglich öden Friedensjahren –

Es interessierte sie plötzlich, im holländischen Schnellzug durch ein friedliches Europa rasend, ob der Vater zum Beispiel, so kurz nach dem Blick durch das Sehrohr auf die ins Wasser stürzenden Italiener, seine Erschütterung, wenn es denn eine war, bis nach Mecklenburg mitschleppte, ob diese Bilder auch in der Nähe seiner künftigen Geliebten im Kopf blieben oder ob die Trauer über die eigenen Toten die Bilder aus dem U-Boot überlagerten, das müsste man mal erfragen –

Nichtdenken die Parole, Nichtdenken oder nur an das Schöne denken, an die Schöne, auf der Rückfahrt von Lalendorf bei Güstrow hinunter durch Brandenburg, Sachsen, Böhmen, Niederösterreich, die Alpen, Venetien, Istrien bis Pola, da fahren sie mit, die frischen Bilder aus dem Park von Vietgest, die Bilder des Nickens, des Leuchtens, des Lächelns eines ihm unerreichbar scheinenden Mädchens, er lässt ihre Stimme sprechen, flüstert den Namen Hilde still vor sich hin, Hildegard von Quadt Wykradt-Hüchtenbruck, Freiin noch dazu und Tochter einer Gräfin Schwerin –

Sein Abteil meistens voll besetzt mit Offizieren auf Dienst- oder Urlaubsreise, mit jedem neu Zugestiegenen muss man Konversation machen, Kriegskonversation über Kampf und Sieg und Fronten hier und Fronten da, und mit markigen Worten den gemeinsamen Glauben an den Sieg festigen, den Verrat der Feinde und ihre Schwäche beschwören, während sein Gehirn nur das Echo des Namens Hildegard hören will –

Emmerich, Grenzbahnhof, Willkommen in der Bundesrepublik Deutschland, das Paar mit den Einkaufstaschen verließ das Abteil, drei wochenendlustige Frauen um die vierzig besetzten die freien Plätze, der Zug hatte etwas Aufenthalt, nicht mehr weit bis Leverkusen, wo sie am Bahnhof erwartet wurde von ihrem Bruder Detlev und der Schwägerin Almut –

Der Blick auf das weiße Emailleschild mit dem schwarzen Aufdruck Emmerich und die vertraute deutsche Bahnhofsuhr mit ihrer runden Unbestechlichkeit reichte Marie, um sich weiter zu lockern nach der tagelangen Auslandsverhaltensrücksicht, trotz all der winterlichen Dunkelheit hinter den kräftigen Neonleuchten wieder in vertrautem Gelände –

Die Frauen waren unterwegs nach Düsseldorf und schon jetzt aufgedreht wegen der bevorstehenden Abenteuer in der fernen Großstadt, Marie gab freundlich Auskunft über ihre Route, weitere Punkte für eine Konversation ergaben sich nicht, es war ihr recht so, sie nahm Notizblock und Stift wieder fest in die Hände, wollte weiter über das Nichtdenken nachdenken, der Block wirkte, die drei sprachen sie nicht weiter an –

Nichtdenken und Siegglauben, das ist die Parole, notierte sie flüchtig, Denken ist Zaudern, Zaudern ist Zweifeln, Zweifeln ist Verrat am Vaterland, an der gerechten Sache, für die ein ganzes Volk sich zu opfern bereit ist und gefasst auf alle noch kommenden Blutopfer, beim Denken aber weiß man nicht, wo es enden wird, da können Risse entstehen, unheilbar –

Da kann die Welt auseinanderfallen, und das darf nicht sein, das darf nicht einmal gedacht werden, und damit die gewohnte Welt erhalten bleibt, hat man sich zusammenzureißen, als Offizier sowieso, darum sind Gefühle verboten und Eigensinn, die bebende, kriegskranke, blutende Welt kann nur gerettet werden durch die Weisheit der Obrigkeit und durch das Nichtdenken der Untertanen –

Ein gutes Mittel gegen das Denken war das Dichten, das Reimen, auch der zum Kämpfen gedrillte Vater hatte auf der *Pommern*, mit vierundzwanzig Jahren ungeduldig auf seine ersten Gefechte mit dem Feind hoffend, mit der Reimerei angefangen, grausliches Zeug, wie die schreibende Tochter zugeben musste, nachgebetete Propagandaparolen für die Bordzeitung, konventionell, kaisertreu, protzend siegesgewiss, obendrein schrieb er ähnliche Gedichte von anderen in sein Erinnerungsbuch ab, üble Hassgesänge gegen England, nichts für die pazifistischen Enkel –

Reimen als Beruhigungsmittel, das hatte der Vater selber notiert irgendwo, vielleicht haben deshalb so viele gedichtet und gereimt in den ersten Kriegsjahren, überlegte Marie, nicht nur die eifrigen Dichter, auch Handwerker und Abiturienten, adlige Damen und höhere Gattinnen, Lehrer, Unteroffiziere und Offiziere, alle haben sie Sieg auf Krieg gereimt, Tat auf Verrat und Wut auf Blut und den Kampf gepriesen, als wollten sie ihr Leid, ihre Risse, ihre heimlichsten Zweifel kitten, mit ihren Reimen die Welt zusammenleimen, mit ihren Zeilen den Sieg herbeidichten –

Sie sah ihren jungen, unsicher verliebten, unschlüssig träumenden Vater in seinem Offiziersabteil auf der Fahrt nach Pola, was musste der für Rücksichten nehmen bei der Konversation, und wollte doch in all diesen Stunden auf den Gleisen und bei jedem Halbschlaf, jedem Dösen nichts anderes als die Bilder des schönen Mädchens aus Altenburg vor sich haben –

Je weiter er sich Richtung Süden von ihr entfernte, desto entschiedener wünschte er die Augenblicke festzuhalten, die Momente im Park unter den Linden, der lange Rock auf den Feldwegen, das Zögern am Zaun, die schüchterne Hand am Bahnhof, unvergessliche Momente stummer Blicke, genug, um etwas zu reimen zur Erinnerung für sich oder vielleicht eines Tages als poetische, zärtliche, metrische Annäherung an die Verehrte –

So fuhr er zum Schiffeversenken ans Mittelmeer zurück, tauchte an feindlichen Minen und Wachschiffen vorbei durch die tückischen Strömungen der Straße von Otranto und half mit seinen scharfen Augen und klaren Befehlen, alle zwei, drei Wochen ein englisches, französisches oder italienisches Handelsschiff zu sichten, zu torpedieren und auf den Meeresgrund zu schicken und stolz die versenkten Bruttoregistertonnen der Admiralität zu melden, zusammen mit guten Offizierskameraden, die später als Martin Niemöller und Karl Dönitz berühmt wurden –

Bei diesen Unternehmungen, nun als Kommandant von UC 20 im uneingeschränkten U-Boot-Krieg, befördert er die seefahrenden Feinde, die ihm zu nahe kommen, ins kalte Meer zu den Mäulern der Fische, ständig in Gefahr, selber zum Futter der Fische zu werden, und schreibt die ersten von Freude durchwebten Briefe an die künftige Geliebte und neben den Briefen Gedichte, keine gereimten Werbungen mehr für den Krieg, sondern gereimte Werbungen um die Generalmajorstochter aus Altenburg –

Einige hatte Marie hin und wieder in Händen gehabt, am stärksten war ihr ein Liebesgedicht präsent, das als Weihnachtsgedicht getarnt war, wie man fast sagen könnte, das hätte sie jetzt gern hervorgeholt und in dem durch die dunkle Niederrheinlandschaft schießenden Zug ans Licht gehalten –

Das Gelächter der drei Frauen aus Emmerich, die dem Samstagabend in Düsseldorfer Lokalen entgegenkicherten, wurde lauter, sie hörte ihnen eine Weile zu, aber es war nicht ihre Sorte Humor, da wünschte sie lieber die Zeilen aus dem Dezember 1916 noch einmal zu sehen und herauszufinden, warum auch ein eher braves Gedicht seine erwünschte Wirkung haben konnte, wahrscheinlich wirkten die sogenannten schlechten Gedichte besser als die perfekten, die selbstgedichteten besser als die aus dem Lesebuch geholten –

Das Weihnachtsgedicht jedenfalls muss die Gefühle beschleunigt, Brücken geschlagen und geholfen haben, zwei Menschen einander näher- und so nahzubringen, dass sie heiraten und sechs Kinder zeugen und das älteste dieser Kinder Jahrzehnte später sich wundern darf, welchen simplen Reimen es seine Existenz verdankt –

Das wäre eine Szene für meine Liebesgeschichte, sagte sich Marie, die Rührung des Mädchens durch ein Gedicht, Weihnachten 1916 aus dem Briefumschlag gezogen, die Tränen des Glücks, keine Angst vor den Tränen des Glücks, Marie, die Entdeckung, dass der U-Boot-Mann dichten konnte, was der Flieger und Tänzer Friedrich nicht konnte, und mit seinen zielstrebigen Reimen den richtigen Herzton und die passende Sprache für die Angebetete zu treffen verstand –

Danach hatte sich die Empfängerin des Gedichts ermutigt gefühlt, vertraulich mit ihrem Vater zu reden, dem Generalmajor, der ein paar Tage auf Weihnachtsurlaub gekommen war und sich von den Strapazen mit der Radfahr-Schwadron, die er führte, und der Eroberung Rumäniens unter Mackensen erholte –

Niemand konnte wissen, wie viele Wochen oder Monate die nächsten Einsätze in den Karpaten oder in Frankreich dauerten und ob Lazarett oder Gefangenschaft drohten, auch Generäle konnten verletzt oder Geiseln werden, der Krieg war Verliebten nicht günstig, wie sollte die Tochter dann zu der nötigen Einwilligung des Vaters kommen, die Mutter hätte das Recht des Jasagens erst nach dem Tod des Vaters gehabt nach den Regeln der Familie, nach den Regeln des Adels –

Obwohl der sonst so tapfere, todesmutige, mit dem Eisernen Kreuz ausgezeichnete U-Boot-Krieger noch keine Andeutung in Richtung Verlobung gewagt hatte, baute das kluge Mädchen vor und erzählte ihrem Vater alles, nur nichts von dem Gedicht, das hätte den jungen Oberleutnant zur See in den Augen des Generalmajors kompromittiert, obwohl der einst selber Cello gespielt hatte und nun so kriegsgram geworden war, dass man musische Themen besser vermied –

So hatte sie die väterliche Einwilligung gesichert für den Fall, dass Hans von Schabow die Verlobung ebenso wünschen sollte wie sie, die Mutter wurde nicht informiert, weder über die stille Liebschaft noch über die genehmigte Zukunft, niemand in der Familie eingeweiht, denn es war noch lange nicht sicher, ob der Marineoffizier eindeutig werden wollte und ob das vorgefühlte Glück der liebesbereiten Tochter nicht doch nur in Luftschlössern wohnte, *fürs erste heißt es warten und immer wieder warten, seine Pflicht tun, geduldig sein und Gott mit ganzem Herzen vertrauen, um seine Kraft und seinen Schutz bitten –*

Warten hatte sie gelernt, die auf deutliche Zeichen, förmliche Anträge hoffende Braut, die jeden Tag vier Stunden in der Suppen- und Volksküche von Altenburg kochte und half und nun das Warten, Bangen, Hoffen, Sichfügen wieder neu lernen musste, sie kannte das Warten und Bangen um den Vater, das Warten und Bangen um den Bruder, das Warten und Bangen um die Vettern seit den Tagen des August Vierzehn –

Nun aber die härtere Prüfung, als der heimlich erwählte Mann fürs Leben tief im Süden, von Istrien aus, drei oder vier Wochen zu den befohlenen Unternehmungen aufbrach, in dieser Zeit weder Briefe noch Telegramme schicken konnte und in einem der gefährlichsten Schlachtfelder herumschwamm, das erforderte noch mehr Seelenruhe, noch geduldigeres Warten und Bangen als bei den an Land kämpfenden Männern, die der Feldpost und den Telegraphierstellen näher waren und immer mal ein Lebenszeichen schicken konnten –

Die Verlobung heimlich vorbereitet, danach drei Monate Warten auf ein Wiedersehen zu Ostern, das verhindert wird durch eine Urlaubssperre, trotzdem fährt Hildegard nach Vietgest, in einem Gespräch mit der Stiefmutter von Hans erfährt sie dessen Absichten und kann ihr nun die ihren eröffnen samt allen Gefühlen und Glückstränen, aber eine Verlobung verabredet man nicht in Briefen, da muss man sich in die Augen sehen, also fährt sie zurück nach Altenburg, und leidet furchtbar darunter, so lange warten und schweigen zu müssen, einzig ihre Freundin Eva weiß alles –

Da erhält er plötzlich doch Urlaub, fährt im April nach Vietgest, hört von seiner Stiefmutter alles von den Gefühlen und Absichten der Angebeteten, ohne die gute Stiefmutter hätten die beiden es nicht oder viel später geschafft, er schickt sofort einen Eilbrief mit seinem Antrag auf die Verlobung und fährt zwei Tage später nach Altenburg, Hildegard und Eva kommen ihm bis Leipzig entgegen, deshalb gibt es den ersten, den Verlobungskuss in der Halle des Leipziger Hauptbahnhofs –

Die Verlobung ihrer Tochter Hildegard mit dem Oberleutnant zur See Hans von Schabow, so müsste die fällige Anzeige ungefähr gelautet haben, überlegte Marie, zeigen hierdurch an Alfred Freiherr Quadt Wykradt-Hüchtenbruck und Marie Freifrau Quadt Wykradt-Hüchtenbruck, geborene Gräfin von Schwerin –

Endlich darf gefeiert werden, es gibt noch Sekt im Frühjahr 1917, jetzt beginnt der Freudenrausch, Blumen, Besuche, Briefe, jetzt kommen die Bekannten und Verwandten zum Gratulieren, jetzt befiehlt die Herzogin das Paar zum Tee, die allgemeine Überraschung macht der Braut den größten Spaß, jetzt darf sie endlich sprechen –

Das große Planen mit der Mutter beginnt, die Beschaffung der Aussteuer, Monat für Monat steigen die Preise für Möbel, Geschirr und Leinen, vieles gibt es überhaupt nicht mehr, dann muss der Heiratskonsens des Kriegsministeriums eingeholt werden, dafür reist das Brautpaar nach Berlin, dann acht Monate Warten auf die Hochzeit, der Termin wird von Urlaubsplänen der Flottille in Pola abhängen –

Verlobung und Hochzeit, überlegte Marie, mit den üblichen kleinen Anekdoten und unter den Widrigkeiten eines zur Katastrophe gewordenen Krieges werden nicht schwer zu beschreiben sein, anders als die Seelenlage eines verliebten, weiter gedichteschreibenden, schiffeversenkenden Kapitäns, der als Kommandant von UC 20 im Mittelmeer kreuzt und zwischendurch in einem Transportboot den Arabern Waffen und Munition gegen die Italiener in Tripolis liefert –

Er zog nicht aus für seine Ehre, er kämpfte für die Ehre des Kaisers und der Kaiserlichen Marine und des Deutschen Reiches, Pflicht, Opfer, Sieg blieb auf allen Stirnen geschrieben und die Parole *Wir halten durch!* trotz des Mangels an Kartoffeln und Fett und der tränenlosen und schweigsamen Trauer um die Toten, selbst die Frauen bewiesen ihre Vaterlandstreue damit, dass sie keine Tränen mehr weinten –

Aber wie gingen sie um mit dem Staunen, dass das Land immer stummer wurde, weil die Glocken eingeschmolzen waren, mit dem Erschrecken, dass die Menschen nicht besser, nicht geläutert wurden durch den Krieg, wie anfangs alle gehofft hatten, sondern schlechter, keine innerliche Befreiung, sondern Verhärtung und Missmut, wie mit dem Schrecken, dass die Weltgeschichte nicht nach den Wünschen eines Oberleutnants zur See und einer Generalstochter verlief –

Den Selbstbefehl Nichtdenken! hatte er für seine Braut abgemildert zu der eindringlichen Bitte: *Nicht grübeln, Tränen wegschlucken, kein trauriges Gesicht zeigen, dich nicht bemitleiden lassen*, Selbstmitleid lag ihr ohnehin nicht, *auf Gott vertrauen*, das war auch ihre Haltung, unbedingt *tapfer sein und die frohen, zuversichtlichen Gedanken die Oberhand behalten lassen*, das beherrschte sie als wohlerzogene Gräfintochter –

Die Tränen, der lebenslange Kampf des Kapitäns gegen Kummer und Tränen, gegen die eigenen, gegen die seiner Frau und die seiner Kinder, auch Mädchen sollten ihre Tränen sofort wegschlucken, seit frühesten Zeiten hatte Marie den Spruch im Ohr *Heb deine Tränen für später auf, du wirst sie noch brauchen*, und bis heute bekamen die kleinen Enkel, wenn sie gestürzt waren, sich verletzt und Schmerzen hatten, die Gewalt seines Befehls zu spüren *Schluck's runter!* –

Beherrschung, die hatte Hildegard jeden Tag wieder zu üben bis zur Hochzeit Weihnachten 1917 und danach noch mehr, das lernte sie im Mangel der Speisen und der Bescheidenheit der Geschenke und der Ernsthaftigkeit der Gesichter der Gäste, das lernte sie als verlassene, von den Dienstplänen immer wieder verratene und doch dem Schicksal oder Gott oder dem Kriegsglück unterworfene Offiziersgattin, das lernte sie als Schwangere und in den Zeiten der nicht mehr zu leugnenden Niederlage –

Das wäre zu schildern, wie sie zur Meisterin des Wartens wird, wie sie bei jeder Unternehmung Gefahr wittert und sich zusammenreißt und die Sorgen aus dem Gesicht pustet, wie sie einen Liebesbrief nach dem andern nach Pola schickt und darin das Warten nur andeutet, wie sie Geduld übt und erst einmal keine Antwort erwartet, wie sie die Dankbarkeit pflegt, und wie sie die Wochen und Tage zählt, an denen ein telegraphisches Lebenszeichen kommen könnte oder müsste, und nach dem Telegramm, nach dem Aufatmen weiter wartet, auf Briefe und Auskünfte, wie viele Tage Dienst, wie viel Urlaub, mit möglichen Aussichten auf mögliche Treffen in Altenburg, Berlin oder Vietgest oder im Leipziger Bahnhof, wartend und wartend –

Täglich den Launen und Kommentaren ihrer patriotischen Mutter ausgesetzt, der geborenen Gräfin, Nachfahrin des seit Friedrich dem Großen berühmten Generals, des Reitgerten-Schwerin, ach, die alten Schlachtenschläger und Querköppe, die fernen Vorfahren, dachte Marie manchmal, am Ende sind sie immer noch gut für gemütliche Anekdoten, der Alte Fritz und der alte Schwerin, ja, ja, ich weiß schon –

Hildegards Mutter, anfangs so kriegsbegeistert, dass sie ihren Mann, den realistischeren General, fast für defätistisch hielt und seine Briefe aus dem Schlamm von Verdun und dem Schlamm der Karpaten erst versteckte, später verbrannte, Maries resolute Großmutter, von der sie den Vornamen hatte, unermüdliche Kriegstagebuch-Schreiberin vom 1. August 1914 bis zum schmachvollen Ende, steigerte sich immer mehr in die Vorstellung, der trotz des Kaisers Weisheit und Hindenburgs Genie immer noch nicht gewonnene Krieg gehe nur deshalb verloren, weil ein falscher Reichskanzler, die Sozialdemokraten und Juden zu viel Macht hätten und einen faulen Frieden wollten ohne Entschädigung für das Reich und ohne neue Gebiete, *Wehe, wenn wir dem demokratischen Staat zusteuern! Unser altes Preußen –*

Da konnte auch Hildegard, die möglichst wenig von Politik und Parteien hören wollte, von Monat zu Monat nicht mehr die Augen verschließen vor den drohenden, schmählichen Katastrophen und musste doch warten und zuversichtlich bleiben, bis auch das Schiffeversenken nicht mehr half, so wenig wie die Generäle und die Gebete halfen, und der Geliebte in den letzten Wochen mit einem neuen U-Boot in Nordsee und Ostsee eingesetzt wurde, und am Ende der Kaiser floh und die Matrosen die Welt auf den Kopf stellten –

Düsseldorf, die drei Frauen stiegen aus und weckten Marie, die ihren Koffer von der Ablage herunterhob und bis Leverkusen das merkwürdige Hochzeitsfoto vom Dezember 1917 vor sich sah, das traurigste Hochzeitsfoto, das sie kannte, alle Gäste in steinerner Ernsthaftigkeit,

die Schrecken des Krieges in geweitete Augen gebrannt,
aufrecht stehende Mumien zum Gruppenfoto vereint,
nur mit Mühe war den Gesichtern des jungen Paares eine
schmale Freude abzulesen –

# 4

Auf dem Bahnsteig winkte der Bruder, der lachende Detlev, der Lustigste der sechs Kinder, die nach jener kriegsernsten Hochzeit geboren wurden, und entschuldigte sich gleich, dass er für die Königstochter keinen roten Teppich auf dem Bahnhof Leverkusen ausgerollt habe, die Genehmigung der Bundesbahn sei nicht rechtzeitig eingetroffen, aber dafür warte ein Buffet mit Schnittchen in der Wohnung, und er werde das neue Blitzlichtgerät von Agfa vorführen, das Gästebett mit einem roten Teppich davor sei bereit, sie sei herzlich willkommen unter dem Bayer-Kreuz –

Er öffnete mit übertriebenen Verbeugungen die Beifahrertür seines Autos, sagte: Verzeihung, es ist nur ein Ford heute, und fuhr sie bis vor sein Reihenhaus, Begrüßung der Schwägerin, Begrüßung der beiden Kinder, Marie wurde in ihr Zimmer geleitet, sie wusch die Eisenbahnhände, wie sie es vom Vater gelernt hatte, und bat dann, zuerst mit ihrer Familie telefonieren zu dürfen, nach den Tagen im Ausland die Rückkehr zu melden –

Wie freute sie sich, einmal wieder mit Mutti angesprochen zu werden, der ältere der beiden jüngeren Söhne erzählte begeistert, dass sie Mau-Mau und Sag-nix-über-Pulok spielten, alles in Ordnung, ja, bis morgen Abend, die Schwester sei bei einer Freundin, und als Marie Reinhard sprechen wollte, sagte der Junge, der Vater sei ins Kino gegangen und werde um halb neun oder neun wieder da sein, das enttäuschte, das entsetzte sie fast, für einen Moment sprachlos im Leverkusener Flur am Telefontisch stehend, und sie bat in gereiztem Ton, der Vater solle sie dann gleich anrufen –

Ins Kino, überlegte sie, es war doch abgemacht, dass er jeden Abend die Aufsicht führte, zumal der älteste Sohn, der Student, ohnehin nicht in Frankfurt war, Reinhard war stets ein Beispiel an Verlässlichkeit, aber wann ging er schon mal ins Kino, zugegeben, so viele Gelegenheiten ließen ihm die Arbeit und die Familie nicht, vielleicht brauchte er mal zwei Stunden für sich, so wie sie fünf Tage und morgen noch einen sechsten für ihre Reise und ihre Projekte brauchte, sie war irritiert, doch sie wollte nicht ungerecht, nicht kleinlich sein –

Beim Essen der Schnittchen mit Käse, Salami und Teewurst erzählte sie von ihren neuen holländischen Forschungen und von der Angst des Archivars vor einem Liebesroman, und beiläufig, ja amüsiert, gab sie die Entdeckung der Preußenverwandtschaft zum Besten: jetzt können wir unsere Stammbäume aufstocken, ab jetzt sind auch der Soldatenkönig und der Große Kurfürst unsere Vorväter, und Friedrich der Große gehört zur Familie, der Großonkel mit soundso viel Uren davor, und Königin Luise als Urtante, und so weiter –

Groß, größer, am größten, sagte Detlev, ich hab's nicht so mit den Preußen, und diese Könige, auch der holländische, die haben doch alle ihre Nebendamen, ihre Mätressen gehabt, wenn jetzt alle unehelichen Nachkommen sich als Königskinder betrachten, dann gibt's ja bald nur noch Königskinder auf der Welt, eine Horrorvorstellung, Detlev schaute auf seine Kinder und schien zu überlegen, ob er nicht etwas vorsichtiger hätte reden sollen –

Sie wechselten das Thema, waren schnell bei den Neuigkeiten aus der näheren Familie, sechs Ehepaare mit einundzwanzig Kindern, da gab es einiges zu erzählen und zu tratschen, aber Marie drängte, zur Sache zu kommen, auf die Idee aus dem Geschwisterkreis, zum bevorstehenden achtzigsten Geburtstag des Vaters ein kleines Theaterspiel, drei, vier Szenen aus seinem Leben aufzuführen, das sollte in Leverkusen besprochen werden, doch erst mussten die Kinder, der auffällig artige Junge und das stille Mädchen, ins Bett, Almut ging mit ihnen –

Detlev fragte nach ihrem Buch, der Thadden-Biographie, ein großer Erfolg sei das doch, Marie erzählte von guten, ausführlichen Rezensionen in der Schweiz, aber sie hatte keine Lust, etwas Fertiges, längst Abgeschlossenes zu kommentieren, noch einmal über die Rolle dieser besonderen Frau oder die Widerständler vom 20. Juli zu reden, noch einmal über die spezielle Tragik, die Gutgläubigkeit, mit der Frau von Thadden auf einen Spitzel hereingefallen war –

Sie dachte eher an die kleinen Widerstandsgeschichten des Vaters, nicht zu vergleichen mit dem, was die Verschwörer und Frau von Thadden getan hatten, sie dachte an seinen Protest im Oktober 1944, als er von seinem Vorgesetzten, der es gut mit ihm meinte und, weil seit Monaten Urlaubssperre galt, die Gelegenheit zu einem kurzen Besuch bei der Familie in Doberan geben wollte und ihn ins benachbarte Kühlungsborn zu einem NS-Führungskurs für Marineoffiziere kommandierte –

Gleich zu Anfang hatte der Vater einem Redner zuhören müssen, der das Christentum als überlebt, unzeitgemäß und schädlich für das Volk beschimpfte, und statt zu denken, in ein paar Wochen ist alles vorbei, bleib still, stand er nach einer halben Stunde auf, der Korvettenkapitän, wartete, bis der Redner innehielt und ihn ansah: Erlauben Sie mir bitte eine Frage: Wie vereinbaren Sie Ihre Ausführungen mit dem § 24 des Parteiprogramms über das positive Christentum, und glauben Sie wirklich, dass Ihre Rede zur Stärkung der Volksgemeinschaft beiträgt, wo ungezählte Christen ihr Leben an allen Fronten einsetzen –

Als hätte eine Bombe eingeschlagen im Saal, sagte er später, der Redner stotterte und schrie: Das ist es ja eben, die einen setzen ihr Leben ein, und die andern sind in der Heimat und meckern, und überhaupt, wenn Sie ein Christ wären, müssten Sie auch eine Negerin heiraten, und nicht die Kirche hat Deutschland vom Bolschewismus befreit, sondern Adolf Hitler –

Er wurde des Saales verwiesen, zum Glück folgte ihm niemand, dann wäre es Wehrkraftzersetzung gewesen, die Sache wurde nach Berlin gemeldet, stundenlange Verhöre, *als ob ich ein Schwerverbrecher wäre*, alles auf Befehl des Führers, hieß es, am Abend wurde er entlassen und zurück auf sein Schiff kommandiert –

Immer noch im Rausch der Erinnerungen und Einfälle, die Marie den ganzen Tag lang durch den Kopf geschwirrt waren, lenkte sie das Gespräch auf den Vater und die U-Boote, auf seine Kaisertreue oder Prinzipientreue, auf die Geschichte mit dem roten Wimpel, der ersten Szene in einem möglichen Theaterspiel zu seinem Geburtstag –

Eine harte Nuss hat er uns da zu knacken gegeben, sagte sie, aber ich muss gestehen, ich bewundere immer wieder, wie er mit Niederlagen und Nackenschlägen fertiggeworden ist, wie er seine Niederlagen in Siege verwandelt hat, und wie er uns das weitergegeben hat, auch ohne Kaisertreue und rote Wimpel –

Sie versuchte dem Bruder, der dem Vater gegenüber kritischer war als die andern Geschwister, mehr Respekt für den jungen Mann abzunötigen, der sich die lange Leiter hochgehangelt hatte vom Kadetten zum U-Boot-Kapitän im Rang eines Oberleutnants zur See mit Bestnoten in Ballistik, Militärgeschichte, Menschenführung, Clausewitz –

Und Verständnis aufzubringen für einen, dem niemand beigebracht hat, wie man ohne den Kaiser, nach einem Waffenstillstand, bei einem Aufstand reagieren soll, achtzehn Jahre alles geregelt im Takt von Befehl und Gehorsam, von Seiner Majestät und Admiral Tirpitz, alles geordnet und logisch von oben nach unten, vom Admiral abwärts bis zum Maat und Matrosen –

Plötzlich die Befehle von unten, Anarchie, Revolution, Inkompetenz, auf einmal zählen die Schulterklappen und die Streifen am Ärmel nicht mehr, und vom Schwarzweißrot darf nur noch das Rot leuchten, freche Matrosen funken den Befehl: in Kiel einlaufen mit rotem Wimpel, da sträubt sich alles in ihm, das geht gegen die Ordnung, gegen Gottes Willen –

Almut kam zurück und brachte eine Flasche Pfälzer Weißwein, Detlev entkorkte sie, füllte die Gläser und sagte: Auf die Siege, auf die Familie! –

Auf die Siege, auf die Niederlagen, sagte Marie, mit dem Glas in der Hand, und auch nach dem zweiten Schluck arbeitete ihre Vorstellungskraft weiter an den dramatischen Augenblicken, als Hans von Schabow den Befehl des Kieler Matrosenrats erhielt, den roten Wimpel, den Gefahrenwimpel, der zur Revolutionsfahne geworden war, unter oder über die Kriegsflagge der Kaiserlichen Marine zu setzen im November 1918 –

Ein Hohn für ihn, das rote Tuch, eine Rebellion gegen die Ehre des Kaisers, die Ehre des Reichs, die Ehre der Marine, das konnte ein Kommandant wie er nicht zulassen, mit einigem Stolz hatte er in seinen Erinnerungen berichtet, wie er, im Konflikt zwischen Kaisertreue und Verantwortung für die meuternden Matrosen und Maschinisten, die im Stahlbauch des engen Bootes mürrisch, kampfeslustig vor ihm gruppiert standen, mit dem Befehl provoziert hatte –

Den roten Wimpel klarmachen! Den roten Wimpel setzen! Aber in dem Augenblick, in dem der rote Wimpel gesetzt ist, zu Ihrer Sicherheit, betrachte ich mich nicht mehr als Kommandant, und wie sie raunten, drohten, feixten, bis einer dann gerufen hatte: Wir wollen keinen roten Wimpel, und wie er den Befehl wiederholt hatte: Machen Sie den roten Wimpel klar, und wie ein Maat den Wimpel geholt, ihn zerknüllt in die Ecke geworfen und gemeldet hatte: Der rote Wimpel ist klar, und solange Herr Oberleutnant an Bord sind, wird der rote Wimpel nicht gesetzt –

Das ist doch eine Leistung, Detlev, die roten Matrosen gegen die roten Matrosen ausgespielt, und denk dran, dass sie dann dem Matrosenrat den Vollzug der Revolution auf ihrem Boot gefunkt und dann Richtung Kiel gedümpelt sind, gewartet haben und erst nachts, damit niemand die List bemerkt, in den Kieler Hafen eingelaufen sind, ohne den roten Wimpel der Revolution ins Zentrum der Revolution, dank der Bravheit der Mannschaft und der schützenden Dunkelheit war die Ehre der Kriegsflagge und des Kaisers gerettet und der Kommandant nicht verprügelt oder erschossen worden, im Gegenteil –

Ja, ja, so geht der Kapitän von Bord unter dem Beifall seiner Leute mit der eingerollten, im Koffer versteckten Kriegsflagge, ich kenn die Geschichte, Marie, sagte Detlev, die Flagge liegt in unserer Truhe, wie du weißt, ich versteh übrigens immer noch nicht, weshalb er ausgerechnet mir das Ding anvertraut hat, als er so krank war, aber eins ist klar, er geht wie ein Sieger von Bord, hinein in die größte denkbare Niederlage –

Reinhard rief an, und gleich nachdem er Marie begrüßt hatte, rechtfertigte er sich für seinen Kinobesuch, er habe endlich die *Odyssee im Weltraum* sehen wollen, ein sehr langer Film, Überlänge, die Jungens seien groß genug, drei Stunden allein zu spielen, und er habe ihr doch oft erzählt, wie er sich, früher in der Gefangenschaft, in den Weltraum hinaufphantasiert habe –

Sie wollte keine Gründe hören, da war er immer im Vorteil, wenn er die Trumpfkarte Gefangenschaft zog, da war etwas faul, wenn er das bei ihr nötig hatte nach neunzehn Jahren, sie hätte lieber Fragen nach ihrem Befinden, nach ihren holländischen Eindrücken gewünscht, sie fassten sich kurz, das Telefonieren war teuer, im Flur stehend konnte man nichts vertiefen, sie sagte ihm die Ankunftszeit morgen, er brauche nicht zum Bahnhof zu kommen, solle lieber mit den Kindern spielen, dann schickte jeder noch einen Gruß und Kuss durch die Sprechmuschel, keine vierundzwanzig Stunden bis zum Wiedersehen, sie waren es nicht gewohnt, länger als zwei, drei Tage getrennt zu sein, trotzdem mussten die wenigen Sätze genügen –

Marie kam auf die Flagge zurück, sie wünschte sie wieder einmal zu sehen, der Bruder holte sie hervor, schwarz-weiß-rot mit dem Marinekreuz, etwas ausgefranst an zwei Ecken das alte Tuch, das Weiß stark gegilbt, aber immer noch museumstauglich, die Reliquie von U 143 –

Nein, sagte Marie, wir können dies Ding nicht gebrauchen, ein Symbol der Deutschnationalen, die Fahne hat er noch 1923 bei einer Demonstration gegen den Versailler Vertrag durch die Straßen von Neubrandenburg getragen, in seiner schmucken blauen Kapitänsuniform ist er aufgefallen zwischen den andern obskuren Gruppen und den kackbraunen Ludendorff-Nazis, das hat er nicht aufgeschrieben in seinen Erinnerungen, aber mir wurde das noch erzählt, mit besonderer Betonung der schönsten Uniform und seines stolzen Gesichts als Fahnenträger –

Selbst wenn man diesen hübschen Fetzen heute öffentlich zeigen darf aus historischen Gründen, das geht nur mit einigem Wissen über diese Zeit, und wer hat das schon, nein, das ist mir zu kaiserlich, zu peinlich, mit mir nicht, damit würden wir auch unsere pazifistischen Neffen und Nichten provozieren, das gäbe nur Krach am Geburtstag, nein, das lassen wir, das ist ein Konflikt, den unsere Kinder nicht mehr verstehen und den wir bald auch nicht mehr verstehen –

Mir geht es da wie den Kindern, meinte Detlev, ein bisschen viel Getue um roten Wimpelstoff, als hätte er keine anderen Sorgen gehabt mitten in der Revolution, bei so viel Hunger und Angst vorm Krepieren, Hass, Not, Terror, was weiß ich, die Sorge um seine schwangere Frau, und dann schreibt er so viel über den lächerlichen

Wimpel, und seine Kaisertreue, was hat sie ihm gebracht, nichts, gar nichts außer einer dummen politischen Sturheit, ich lach mich ja kaputt, wenn ich das *Adelsblatt* lese, da merkst du auch, dass kaum einer von diesen kaiserlichen Knaben auch nur ansatzweise demokratisch geworden ist –

Vergiss nicht, du hast mehr Glück gehabt als er, das war Almuts Bemerkung, und Detlev ließ sich davon nicht provozieren, klar, einmal die Schlacht von Anzio, mit achtzehn, das reicht fürs Leben, sagte er, ich weiß schon, was ich den Amis zu verdanken habe und den Lehrstunden in Demokratie, wer weiß, was sonst aus mir geworden wäre, nein, du hast recht, Marie, lassen wir diese Spielerei mit dem roten Wimpel, die Enkel mimen die roten Matrosen und ich den Kapitän mit der echten alten Flagge, da lachen doch die Hühner –

Na, schlaft noch mal drüber, ihr beiden, sagte Almut, aber was haben wir noch, da war doch der Vorschlag, das alte Gedicht vorzutragen, das Weihnachtsgedicht, das die Verlobung vorbereitet haben soll –

Habt ihr das da, fragte Marie, vorhin auf der Fahrt hab ich noch daran gedacht, was so ein Gedicht für Wirkungen haben kann, hast du das auch in deiner Gefühlskommode? –

Detlev kramte in einer Schublade mit Fotoalben, Briefbündeln und Familienstücken und hatte das Blatt rasch gefunden, die Frauen drängten ihn vorzulesen –

*Das Fest der Liebe nahte sich uns wieder,*
*das Fest der Güte und der Freundlichkeit.*
*Und jauchzend klingen in der Welt die Lieder*
*der gnadenreichen, heilgen Weihnachtszeit.*
*Die Glocken jubeln uns in tiefen, vollen Klängen,*
*die Orgeln brausen laut mit Lobgesängen.*

*Es strahlen hell vom Weihnachtsbaum die Kerzen,*
*verklärend wirkt ihr glänzend Lichterschein.*
*Und froher schlagen alle Menschenherzen,*
*wir wissen, Gott wird ferner bei uns sein.*
*Wir fühlen stiller nur, was wir verloren,*
*denn heute ward der Heiland uns geboren.*

*Es sucht ein jeder, Liebe nur zu geben,*
*und diese Liebe strahlt so hell und klar.*
*Wir fühlen dankbar, daß in unserm Leben*
*viel Güte und viel Schönes für uns war.*
*Manch liebe Hand hat freundlich uns geleitet,*
*manch lieber Mensch hat Freude uns bereitet.*

*Zwar weilt auch mancher, der uns nahgestanden,*
*nicht mehr bei uns; und wir entbehren ihn*
*und seine Liebe, die wir einst empfanden.*

*Doch soll uns darum heut die Freude fliehn?*
*Sie fühlen nicht des Lebens schwere Stunden,*
*sie haben alles, alles überwunden.*

*Drum sollen auch die Weihnachtskerzen leuchten!*
*Für alles wollen stets wir dankbar sein,*
*und wenn sich heimlich oft die Augen feuchten,*
*Gott läßt uns nie und nimmer mehr allein.*
*Die Glocken sollen laut und jubelnd schlagen,*
*Gott hat die Freude in die Welt getragen.*
(Mit herzlichem Gruß Ihr Hans Schabow)

Nicht schlecht, der Alte, sagte Marie, besser als ich das im Kopf hatte, über Weihnachten schreibt er schön konventionell und klischeereich, manierlich gebastelte Reime, das Versmaß korrekt, korrekt wie eine Uniform, könnte man sagen –

*Manch liebe Hand*, hier, *manch lieber Mensch hat Freude uns bereitet*, so spricht er ihre Liebe zu seinem älteren Bruder an, dem abgestürzten Militärflieger, sehr diskret macht er das und bringt sich in Stellung als den, der auch diese Liebe auffängt, *Es sucht ein jeder, Liebe nur zu geben*, das ist schon recht geschickt, da war sie nun völlig hin und weg und läuft zum Vater: ich will mich verloben –

Erst zum Vater, nicht zur Mutter, fragte Almut, woher weißt du das, das weiß ich von ihr, sagte Marie, ich hab ihr Jahrestagebuch, da geht sie manchmal in Einzelheiten, selten, leider, viel zu selten, sie findet ja sonst immer alles ganz reizend, nett und herrlich, nach der Lektüre des Gedichts jedenfalls holt sie sich vorsorglich die Zustimmung des Vaters zur Verlobung, aber der Mutter, mit der sie jeden Tag zusammen war, hat sie monatelang alles verschwiegen –

Ein Kerzengedicht, ein Glockengedicht, Detlev setzte zum Spötteln an, aber Marie unterbrach ihn, es war gut so auf seine Art, *Zwar weilt auch mancher, der uns nahgestanden, nicht mehr bei uns*, damit ist der Kern getroffen, *Gott hat die Freude in die Welt getragen*, darauf kam es beiden an, schlicht und einfach, und mal angenommen, er wäre ein größerer Dichter gewesen und hätte geschrieben wie George oder Rilke oder Trakl, er hätte niemals Hildegard Helene von Quadt Wykradt-Hüchtenbruck erobert, er wäre nie unser Vater geworden –

Na gut, sagte Detlev, dann sollten wir das lesen an seinem Geburtstag, am besten ein junger Mann, aber der älteste Enkel, der stottert, das geht nicht, das kann doch dein Großer machen, Marie, dann nehmen wir noch zwei, drei seiner Gedichte, das reicht doch vielleicht –

Marie war erleichtert, dass auch der Bruder die Theaterspielerei mehr und mehr ablehnte, mit den Gedichten konnte man nichts falsch machen, sie war müde geworden, trank ihr Glas aus und wollte sich verabschieden und endlich die Beine ausstrecken und schlafen –

Wie schön, dass es die Poesie gibt, meinte Almut, überraschend spitz, ich seh schon, an das große Familiengeheimnis wollt ihr auch nicht ran, ihr beiden, seine Lähmung, seine Bekehrung, direkt nach dem Krieg, Psychosomatik wie aus dem Bilderbuch, der Wechsel von der kaiserlichen Uniform in die christliche Uniform –

Das ist kein Geheimnis, sagte Marie, die es störte, dass ihre Schwägerin übertrieb und gern auf Begriffe und Formeln zurückgriff, die nicht falsch waren, aber nicht richtig stimmten, das hat er ja beschrieben, und sie hat es auch beschrieben, wie er fast gestorben wäre, das ist ein ganz wichtiger Punkt, aber es ist spät, jetzt will ich damit nicht mehr anfangen –

Sie entschuldigte sich mit ihrem langen Tag, am Morgen im Rijksmuseum, am Vormittag im Amsterdamer Schloss, dann die lange Zugfahrt und die noch längeren Gedankenfahrten in die Vergangenheit der Eltern, es war genug für diesen Sonnabend, sie war sehr müde, sie wünschte zu schlafen, Detlev und Almut hielten sie nicht auf –

Aber sie fing doch damit an, als sie im Bett lag und Almuts spitze Formulierungen nachwirkten, die Lähmung, der Streik seines Körpers, als der Krieg verloren, der

Kaiser geflohen, Deutschland am Boden war, als Hunger und Krankheiten Hunderttausende wegrafften und der U-Boot-Kommandant, der Adelsmann mit dem Eisernen Kreuz im stolzen Alter von dreißig Jahren zum Gespött so mancher Neustrelitzer Bürger Gärtnerlehrling wurde und plötzlich anfängt zu tapsen, seine lahmenden Beine nicht mehr beherrscht, bis er gar nicht mehr gehen kann, da hatte Almut recht, das war der entscheidende Wendepunkt –

Nachdem er zur Neustrelitzer Bürgerwehr marschiert war, um am Kapp-Putsch teilzunehmen, zwei kalte Nächte untätig herumstand, noch einmal in der guten alten Uniform die gute alte Zeit verteidigen wollte und nach Hause geschickt wurde, weil es in Neustrelitz gar keine Kämpfe gab, während das Land in Aufruhr, Erregung, Streiks –

Nach diesen zwei Nächten geht es los, er wird apathisch, kriegt Anfälle von Sprachstörungen und Gehstörungen, alle paar Minuten schlenkern die Beine hin und her, und dabei kann er nicht sprechen, die Muskeln versagen, er wird ganz kraftlos, passiv, Marie bildete sich manchmal ein, sie könnte sich daran erinnern, obwohl sie nicht mal ein Jahr alt gewesen ist im Frühjahr 1920 –

Kein Mittel hilft, kein Arzt weiß weiter, und dann bringt man ihn zu einem Professor nach Gehlsheim, in die Nervenheilanstalt bei Rostock, wohin man immer mit einer kleinen Fähre übersetzen musste, der untersucht ihn und findet nichts, ein einmaliger Fall, die Symptome verschlimmern sich in der Klinik –

Ausgerechnet da, wo seine Mutter in der geschlossenen Abteilung weggesperrt ist, was Hans ja weiß und nicht wissen will und zu verdrängen versucht, die Mutter, die geborene Jasmund, Enkelin einer Großmutter von damals noch düster bemunkelter Herkunft, unehelich von einem Prinzen vielleicht und einer unbekannten Dame, und mit der lebenskranken Mutter mehr oder weniger Wand an Wand liegend, soll der am halben Leib Gelähmte nun gesund werden –

Der Professor vermutet nichts Organisches, sondern eine Infektion durch Grippebazillen, Ausstrahlung bis ins Rückenmark, die Anfälle werden häufiger, die Krankheit wird schlimmer, Fieberschübe, die Muskelkraft schwindet, der ganze Unterkörper gelähmt, die meisten Organe arbeiten nicht mehr richtig, die Ärzte sind ratlos, man kann nichts tun, man glaubt ihn am Ende, drei Wochen lang gilt er schon fast wie gestorben, und wer beten kann in der weiten Verwandtschaft, betet für ihn –

Dann die Bekehrung, die Erweckung, dann findet er zu Gott, aber nicht im Handumdrehen wie in den bekannten Legenden, es dauert noch ein wenig, erst kommt die Genesung ganz langsam, er braucht noch mal zehn

Wochen, bis er die Klinik verlassen kann, sich auf dem Land in Vietgest erholt bei den Pflegeeltern, das Gehen übt, Bewegungen wieder antrainiert, dann zu Hause in Neustrelitz, die Anfälle der Lähmungen kommen seltener, aber sind noch nicht vorbei –

Sie beten jetzt mehr als vorher, die Eltern, fleißiger Besuch von Bibelstunden, *mit festem Gottvertrauen in die Zukunft sehen, die vor jedem einzelnen ebenso dunkel liegt als vor dem Vaterland*, dann ist er in Brunn auf dem Gut bei seiner Tante Oertzen, dorthin schreibt Hildegard: Du musst unbedingt herkommen, hier hält ein so lebendiger, guter Pastor Vorträge, Schnepel, den musst du hören, der ist genau das Richtige für dich –

Und drei Tage mit diesem zupackenden Prediger bringen die Bekehrung oder Erweckung: Gott ist nicht für mich und mein Wohlergehen da, wie ich bisher dachte, sondern ich bin für ihn da, als sein gehorsamer Diener, so wird Hans Saulus zu Hans Paulus, Saulus ist übertrieben, er war ja kein Verfolger, sondern ein Oberflächenchrist, das fand er allerdings fast genauso verwerflich, jedenfalls beschließt das junge Paar, mit dem formalen Christentum Schluss zu machen und endlich ernsthaft fromm und gottesfürchtig zu werden –

Marie wünschte zu schlafen, sie wollte darüber nicht grübeln, sie wollte das nicht genauer wissen, die Berichte von dieser Bekehrung klangen ihr meistens zu frömmlich, jetzt beten wir zusammen, und von heute auf morgen fühlen wir uns geborgen und gehen zusammen den Jesusweg, haben keine Angst mehr vor der bösen Welt und rufen laut *Mecklenburg für Jesus!* –

Mit ihrem neuen Eifer haben sie auch viele abgestoßen, sogar den Generalsvater, den Schwiegervater, der nie über das Unglück hinwegkam, dass aus dem Schwiegersohn so gar nichts wurde, als Gärtnerlehrling war er nach der Lähmung zu schwach, nicht mehr zu gebrauchen, mit viel Glück fand er über Onkel Oertzen eine neue Arbeit, im Büro, bei der Versicherung, bei der Mecklenburgischen Hagelkasse –

Und dann Missionar, die nächste Katastrophe für den alten General, und doch, dachte Marie immer wieder, ein imponierender Schritt, das Evangelisieren zum Beruf zu machen bei der Wichernvereinigung für ein dürres Dorfschullehrergehalt, eine Woche hier, eine da, eine wieder woanders, ein reisender Prediger, ein Handelsvertreter für Jesus, aber an seiner Bekehrung, an dem Wechsel von der einen Uniform zur andern ist schon was Merkwürdiges, etwas Mechanisches, da hat Almut nicht unrecht –

Als er dem Kaiser und den militärischen Vorgesetzten nicht mehr gehorchen darf, bricht die Krise aus, und sie verschwindet wieder, als er entschlossen ist, dem christlichen Herrgott absolut gehorsam zu sein, vom Kaisergehorsam zum Gottesgehorsam, eine Ordnung kracht zusammen, der Körper kracht zusammen, und schon ist eine neue Ordnung da, ein kurzer Weg von der wilhelminischen Rüstung in die protestantische, in die pietistische Rüstung, von Frömmigkeit zu Frömmigkeit, oder ist das zu streng gesagt –

Und trotzdem, dachte Marie noch, als ihr die Lider längst zugefallen waren, ich seh ihn lachend und glücklich, als er, bezahlt von der Wichernvereinigung, für zwei Semester Theologie an die Uni in Rostock ging, Student mit dreiunddreißig, vierunddreißig zur Vertiefung innerer Erkenntnis, wie fröhlich haben wir Kinder ihm nachgerufen *Seht, wie er rennt, Herr Student, Herr Student, zu viel Weisheit ist schädlich, bleib im Lande und nähre dich redlich*, immer hat er zurückgelacht und gewunken, das ist eins meiner frühen, festen Bilder von ihm, der gerettete Kapitän, der lachende Mann, der springende, fröhliche Vater, der im Lande blieb und reiste und reiste –

Als sie schlief und Morgenträume sie bedrängten, fand sie sich gelähmt, die Arme taub, die Beine, der ganze untere Körper steif, sie strengte sich vergeblich an, ihn zu steuern und die Nerven wieder zu aktivieren, aber es war mit bloßem Willen nicht getan, sie blieb allein in einem engen Zimmer, niemand kümmerte sich, niemand pflegte sie, niemand brachte ihr zu trinken, und als sie rufen wollte, hörte sie die eigene Stimme nicht –

Sie rief nach Reinhard und war überzeugt, dass er sie hören und verstehen werde auch ohne die üblichen Schallwellen, die solche Rufe auslösten, und Reinhard kam an ihr Bett, sah König Willem sehr ähnlich und sagte, er habe zu tun, er habe im Weltraum zu tun, Holland werde den Weltraum erobern, den Mond besetzen, da werde jeder Mann gebraucht, und Marie lachte, ein Lachanfall schüttelte sie, und auf einmal beherrschte sie ihre Beine wieder und wachte auf –

Ein guter Witz, wenn die Holländer vor den Amerikanern und Russen auf dem Mond landen, dachte Marie und überließ sich der Morgenmüdigkeit, sah sich als Kind, als müdes Kleinkind mit den Eltern laufen, deutlich der Wunsch, getragen zu werden, tief im kindlichen Körper das Empfinden, zu langsam, zu lahm, ja gelähmt zu sein, die Sehnsucht, gehoben und getragen zu werden und über alle Hindernisse schweben zu können –

Manchmal fragte sie sich, ob sie sich wirklich erinnerte an die schreckliche Szene, als sie ein Jahr alt war und mit den Eltern vom Bahnhof Lalendorf nach Vietgest ging oder vielmehr nicht ging, sie, schreiend, von der Mutter getragen, die in der andern Hand noch einen Koffer schleppte, und hinter ihnen der schrittlos vorwärtsschlurfende, tattrige, dem Weinen nahe Vater mit schlackernden Beinen und Spazierstock, oder ob ihr die Szene nur erzählt worden war später, sie waren nicht mal einen halben Kilometer vorangekommen, bis der verspätete Kutscher sie endlich rettete aus dieser Hölle der Unbeweglichkeit, des Stillstands, der Versteinerung –

Es war gegen sechs, klare Gedanken hielten sie wach, es war völlig klar, dass man die Lebensgeschichte der Eltern nicht in ein Laienspiel, in Lebende Bilder, in läppische Theaterszenen umbiegen konnte, weder die Wimpel-Geschichte noch die Lähmung und Bekehrung ließen sich darstellen mit all den seltsamen Widersprüchen, das ging nur in Büchern –

Die Arbeit als Volksmissionar, als Laienprediger, als Propagandist für Jesus sowieso nicht, auch nicht der Weg zur Bekennenden Kirche und das Missionieren gegen die Nazis, solange das möglich war, auch nicht seine Rolle bei der Abwehr, beim Geheimdienst der Marine im Zweiten Weltkrieg, über die er nicht spricht, weil er sich immer noch an den Eid gebunden fühlt, und wofür er bestraft wurde mit zwei Jahren Internierungslager nach dem Krieg, all die dramatischen und noch dunklen Ereignisse, die den Vater betrafen, passten nicht in gefällige Aufführungen, ein achtzigster Geburtstag war schließlich kein Polterabend –

Die Liebes- und Lebensgeschichte von Vater und Mutter, das war Drama, das war Historie, das gehörte in ein richtiges Buch, in die Hände einer Schriftstellerin, einer Liebesgeschichtenerzählerin, das erforderte liebevolle Genauigkeit, das war harte Arbeit, allein schon die Zeit des Ersten Weltkriegs vernünftig darzustellen und gleichzeitig begreifbar für die Heutigen –

In einem solchen Buch könnte auch die Mutter besser gewürdigt werden, wie hat sie das ausgehalten, als er sterbenskrank in Gehlsheim lag, wie hat sie das gemeistert, wie hat sie gelitten und gebetet, wie ist sie auf die Idee gekommen, mich als Kleinkind mitzunehmen auf die Fähre ins Totenreich, in die Klinik, ins Krankenzimmer, und dem Vater, wie sie erzählt hat, einfach auf den Bauch zu setzen, wenn er nicht völlig geschwächt und abgewandt war, wie hat sie in den harten Jahren ihr schönfärbendes Vokabular bewahrt, waren ihr nicht alle Mitmenschen *reizend, zu nett, eine große Hilfe* oder *eine solche Freude*, was war ihr Anteil an seiner Auferstehung und Bekehrung, woher kam ihre fromme Energie –

Überhaupt, wie erzählt man in einer Liebesgeschichte von der Intimität des Glaubens der beiden, Frömmigkeit ist ein langweiliges Thema, Formeln und feste Antworten auf alle Nöte und Fragen gestanzt, wie könnte das zum Erzählstoff werden, man müsste den protestantischen Trotz beleuchten, der vielleicht schon mit dem Entschluss, zur Marine zu gehen, anfängt, bis zur Panzerung mit Bibelsätzen und Lutherspruchen, das schien ihr ziemlich schwer darzustellen mit gleichzeitig liebendem Tochterblick –

Wenn einer sich zurückzieht in das geschlossene System einer Religion, einer soldatischen Religion, sich freiwillig einem oberkommandierenden Gott unterwirft, sich führen lässt von den passenden Befehlen der Bibel, keine Zweifel erlaubt und kein Nachdenken außer der einen Frage: wie General Gott noch besser, noch eifriger zu dienen und Jesus zu folgen sei in jeder Lebenslage –

Gegen die Teufel, von denen die Welt voll ist, hilft die feste Burg, bei Schwankungen oder Schwierigkeiten kann stets ein Choral angestimmt werden, einmal tief Luft holen, und schon kann er sich Mut und Kraft ansingen: *Lobe den Herren, den mächtigen König der Ehren*, der Haus-Choral, der bei jedem Geburtstag ertönte, wenn sich die Familie morgens vor dem Schlafzimmer des Gefeierten sammelte und ihn mit Chorgesang weckte, der Choral, der mit den Jahren immer triumphierender gesungen wurde, weil Vater und Mutter wie zum Beweis für die Richtigkeit ihres Glaubens auf die Gottesleistung verweisen konnten, ihr Leben und das ihrer Familie so wunderbar geführt und mit fast zwei Dutzend Enkeln beschenkt zu haben, *Lobe den Herren, der deinen Stand sichtbar gesegnet, der aus dem Himmel mit Strömen der Liebe geregnet* –

Jedes Wort können sie auf sich und die im Krieg verschonten Seinen beziehen, *in wieviel Not hat nicht der gnädige Gott über dir Flügel gebreitet*, poetische Zeilen, die den einstigen jungen Reimdichter noch heute aus voller Seele jubeln lassen, auch in den härtesten Zeiten, gerade in den bitteren Zeiten der Armut, der Konflikte mit der Partei, der Not im Internierungslager, hat das große Lob ihm Auftrieb gegeben, *Lobe den Herren, der alles so herrlich regieret, der dich auf Adelers Fittichen sicher geführet* –

Über Abgründe hinweg, Versuchungen, Untiefen, über die versenkten Menschen auf den versenkten Schiffen, über alles ließen sich die hilfreichen Zeilen von Adelers Fittichen, von Lob und Dank breiten, die Wände wurden vernagelt, die Abgründe überbrückt mit Bibelsätzen, die ertrunkenen Italiener, Engländer, Franzosen unter den Tröstungen der Choräle begraben –

Ein geschlossenes System, wo keine Gefahr und keine Irritation droht, wo Gott und Jesus mit ehernen Sätzen der Bibel zu allem die Deutung und die Anleitung liefern, Tag und Nacht Trost spenden, die Gesetze des Handelns und die Strenge des Denkens bestimmen, so wird sie immer fester, die Uniform, der Panzer, die Schutzweste des Glaubens, so fest, dass keine Traurigkeit zum Verstand, in die Seele durchschlagen kann, keine Träne zum Selbstmitleid führen soll, *schluck's runter, schluck's runter* –

Doch so einfach war das nicht mit dem Glaubenspanzer, überlegte Marie, als Militär hatte er Befehle ausgeführt und weitergegeben, als Missionar führte er die Befehle seines Gottes aus, aber für ihn gab es nun keine Befehlsempfänger, keine Untergebenen mehr, jetzt musste er die Leute überzeugen, ob in Ostpreußen oder Schwaben, im Erzgebirge, in Westfalen oder Holstein, wo man ihn hinrief, und bis zur Machtergreifung hatte er in überfüllten und verräucherten Lokalen, in Kneipensälen bei Kommunisten, Nationalsozialisten, Freidenkern und Sekten für seinen Jesus geworben, sich auslachen, beschimpfen, rauswerfen, aber nicht davon abbringen lassen, auf die Menschen, auf jeden einzelnen zuzugehen und wenn möglich zur Jesus-Fröhlichkeit zu begleiten –

Von einem, der auszog, die Traurigkeit abzuschaffen, das wäre das passende Märchen für ihn, ein Kadett darf nicht weinen, auch wenn sein Vater stirbt und seine Mutter weggesperrt wird, ein Offizier darf nicht trauern, wenn die Brüder für das Vaterland sterben und ein Krankenhaus seine liebste Schwester tötet, ein Missionar, für den der Herr im Himmel alles so herrlich regieret, zieht aus, die Traurigkeit zu bekämpfen mit Gottesfurcht und Frömmigkeit, und befiehlt seinen Kindern und Enkeln, wenn sie weinen, mit zischender Kapitänsstimme: *schluck's runter, schluck's runter* –

Almut, dachte Marie, hat sicher nicht unrecht mit der Wendung vom oberkommandierenden Kaiser zum oberkommandierenden Gott, vom wilhelminischen Panzer zum protestantischen, pietistischen Panzer, aber unter den Panzer gehörten auch die Widersprüche wie die, dass die Eltern mit einigem Wohlwollen gegenüber nationalsozialistischen Ideen 1932 nach Rostock fuhren, um den fliegenden Wahlkämpfer selbst zu hören –

Danach aber, in einem Gespräch mit dem Nachbarn, hieb der kleine Missionar die Faust auf den Eichentisch, jedes Wort betonend: In unserm Haus wird Adolf Hitler nicht gewählt, in diesem Hause nicht, und dafür reichte fürs Erste die eine Begründung, dass dieser Parteiführer sich gegen und über Gott stellte, die größte Sünde, die ein Mensch begehen konnte, trotzdem hatte den frommen Eltern der Tag von Potsdam, der Handschlag mit Hindenburg wieder imponiert, *welch eine Wendung durch Gottes Führung*, schrieb die Mutter in ihr Tagebuch, so klammerten sie sich einige Monate an die alte Kaiser-Phrase, aus vollem Herzen dankbar, diese neue Regierung zu haben –

Seit 1933 kamen Gestapoleute zu seinen Vorträgen, schrieben fleißig mit, verhörten ihn hin und wieder und hielten ihn stundenlang fest, in den ersten Jahren konnte er sich noch leisten, auf die Einladungszettel zu seinen Missionen den Text setzen zu lassen: *Es gilt ein frei Geständnis in dieser unsrer Zeit, ein offenes Bekenntnis in allem Wider-*

*streit, trotz aller Feinde Toben, trotz allem Heidentum, zu preisen und zu loben das Evangelium*, dafür wollten sie ihn verhaften, worauf er sie auslachte, einfach auslachte, die Gestapoleute, und ihnen das Gesangbuch zeigte, wo das alte Lied stand, das Gesangbuch war nicht verboten –

Die Mutter in Doberan mit zunehmender Angst um ihn, ob er wohl wiederkomme oder wegbliebe wie der alte Kriegskamerad Niemöller von U 39 im Konzentrationslager, immer war die Bedrohung zu spüren und nicht nur vom Hörensagen –

Nach den ersten Verboten und Schikanen wollte der Volksmissionar wenigstens widersprechen, wo es nötig war, von Anfang an Mitglied des Pfarrernotbundes und der Bekenntniskirche, er ging mit seiner Frau und der konfirmierten Tochter in die Hauskreise der Rostocker Pastoren und Professoren, die gegen Partei und Deutsche Christen waren –

Auch in den ersten Nazijahren war der kleine Evangelist ständig auf Reisen, drei oder vier Wochen an fremden Orten, wo er morgens Sprechstunden, nachmittags Bibelstunden, abends Vorträge zu halten hatte, sieben Tage hintereinander, im Haushalt der Pfarrer, die ihn eingeladen hatten, aß und auf Gästebetten oder Sofas schlief, nach sieben Tagen weiterreiste und wieder eine Woche volles Programm und noch eine Woche woanders auf Mission, dann zwei Wochen zu Hause, wo die kommenden Vorträge und Bibelstunden vorzubereiten waren, und so ging das nach dem Krieg weiter fast bis heute, fünfundvierzig Jahre lang minus neun, reisen und überzeugen, reisen und werben, reisen und reden, reisen und –

Der Alte hatte immer wieder von vorne anfangen müssen, erleichtert, auf den Schlachtfeldern der Meere überlebt zu haben, kaum eingerichtet und gefragt als Volksmissionar, musste er sich gegen die Nazipartei behaupten, dann zur Marine eingezogen und bald in geheimer Tätigkeit bei der Marine-Abwehr, über die er, weil er den Schweigeeid nicht brechen wollte, nie etwas verlauten, höchstens den Namen seines obersten Chefs und des Hitlergegners Canaris fallenließ, da sollte er Deutschland vor dem Untergang, vor der Niederlage retten, vergebliche Arbeit, aber als Offizier wenigstens ordentlich bezahlt –

Die Strafe im englischen Internierungslager, weil er als Abwehrmann automatisch auch als Nationalsozialist verdächtig war, einer unter ein paar tausend Parteigenossen, Ortsgruppenleitern, SS-Männern, Botschaftsleuten, französischen und baltischen Kollaborateuren, Kapos aus den KZs, Block- und Kulturwarten, aus denen die Briten die Kriegsverbrecher herauszufischen hofften –

Diesen abgestürzten Menschen, teils üble, verstockte Nazis, teils einsichtige, ansprechbare Leute, teils völlig

Unschuldige, erst auf ein Fabrikgelände in Neumünster, dann in ein primitives ehemaliges Lager für russische Gefangene bei Paderborn gesperrt, in Nissenhütten mit zerstörten Fenstern und Türen, bei schlechtester Verpflegung, dieser zusammengewürfelten, verzweifelten Schar hatte der Missionar mit U-Boot-Autorität anderthalb Jahre lang versucht ein Seelsorger zu sein, dankbar, dass Gott ihm die Gelegenheit gegeben hatte, sein Wort an Menschen zu verkünden, die so lange nichts von ihm gehört hatten, und die Gelegenheit, nebenbei das ganze Gesangbuch auswendig zu lernen, jeden Tag ein Lied, jeden Tag besser gewappnet gegen die Niederlagen, bis 1948 alles wieder in den geordneten Missionswochenrhythmus rückte, Zeltmission, Stadtmission, Bädermission, von einem Ort, von einem Bahnhof zum andern, reisen und reisen und reisen –

Marie erschien wie verabredet pünktlich zum Frühstück und bekräftigte gleich, was am Abend bereits entschieden war, dass der Plan ja nun gestrichen sei, Szenen aus dem Leben der Eltern aufzuführen, die Gedichte reichten, Bruder und Schwägerin schienen erleichtert, es war nicht ihre Idee gewesen, und so sprachen sie beim Honigtoast auch nicht mehr über die Eltern –

Detlev erzählte von seinen Reisen als Exportkaufmann bei Bayer, seinen Erfolgen in Indien, er schwärmte von Neu-Delhi, alles interessant, alles schien bei ihm glatt zu laufen, aber Marie kam nie über den Punkt hinweg, dass der Bruder in amerikanischer Gefangenschaft und in den USA gewesen war, das bessere Los gezogen hatte als ihr Reinhard, der viel zu lange in russischer Gefangenschaft gewesen war und danach nur noch Verwaltungsmann werden konnte und trotz größerer Familie deutlich weniger verdiente –

Das bessere Los gezogen, das bessere Schicksal erwischt, was wäre, wenn Reinhard in amerikanische, Detlev in russische Gefangenschaft geraten wäre, die neidische Frage kam immer wieder hoch, aber so durfte man nicht denken, das hatte sie vom Vater gelernt, das alles war am Ende so gewollt oder gottgewollt, da musste man sich fügen, vielleicht hatte sich ja auch hier wieder Gottes Güte gezeigt und alles zum Besten gefügt, wie der Vater sagen würde, Reinhards Arbeit für den Frankfurter Sozialverband schien ihr sinnvoller, als irgendwelche Chemieprodukte in Asien zu verkaufen –

Nach dem Frühstück holte Detlev ein dickes Heft aus der Familienschublade, guck mal, sagte er, ich hab gestern noch in der Truhe gewühlt, bei der Fahne lag dieser Umschlag, mit einem Packen Briefe, schön verschnürt, und hier, ein Tagebuch von 1918, im U-Boot geschrieben, ich hab ein bisschen gelesen, aber ich war immer schon schlecht in Sütterlin –

Gib her, sagte sie, setzte sich in einen Sessel und blätterte durch das Tagebuch, mühsam hier und da eine halbe Seite lesend, die Sütterlinschrift mit schwachem Bleistift oft zittrig wie bei höherem Wellengang geschrieben, sie staunte, dass er da von seiner *schwarzen Seele* sprach und von *dummen Gedanken*, die ihm durch den Kopf gingen *… das Schlimmste ist diese Untätigkeit … Warten, Warten und nochmals Warten … als wären wir nur zum Vernichten geboren und sollten doch eigentlich aufrichten … grübeln, fruchtlos grübeln … Grübeln zehrt an meiner Kraft, verwirrt mir den Begriff Gottes und der Welt, und das ist sehr, sehr bös … es kommt einem alles zwecklos vor … Herr laß Frieden werden, damit wir wieder Menschen werden … und das schreibe ich als Offizier! … es ist die gequälte Seele, die aus mir spricht, die vielleicht von Natur aus für diesen Krieg zu weich ist … zur Ablenkung den Pegasus satteln … du mußt alles schlucken, Süßes und Bittres, Angenehmes und Häßliches … mich nicht unterkriegen lassen –*

Uff, sagte sie nach einer Weile, ich muss an die frische Luft, und ging mit dem Bruder, während Almut das Mittagessen vorbereitete, zu einem Spaziergang hinaus, durch die Siedlung hin zu einem Waldstück, ein paar Bäume als Sonntagsziel, Glockenklang aus zwei Richtungen, auch unter dem Bayerkreuz war jetzt Kirchzeit, die Glocken in dieser Neubaugegend hatten nichts Gebieterisches wie die des Doberaner Münsters und der Wehrdaer Dorfkirche –

Das ist wirklich ein Ding, dies Tagebuch, meinte Marie, da muss ich euch bald mal wieder besuchen und das in Ruhe lesen, da ist er ja offen wie nie, und wer weiß, was in den Briefen noch alles steht, ich hab immer vermutet, dass nicht alles so glatt und gottgewollt lief, wie es in seinen Erinnerungen steht, er hat sie eben doch gespürt, die Abgründe, die Sinnlosigkeit –

Und darum braucht er vielleicht mehr als jeder andere seine Frömmigkeit und seine Choräle von früh bis spät, sagte Detlev, es ist doch seltsam, die Eltern gehen ständig zur Kirche, an diesem Morgen auch, wie unsere fromme Margarete, aber wir andern fünf, uns zieht es doch nicht vor den Altar und die Kanzel, wenn es nicht sein muss, da haben sich die Eltern so eine Mühe gegeben mit dem Missionieren und Überzeugen und jesusgefälligen Leben, aber aus uns sind, wenn ich das recht sehe, doch nur ganz normale Weihnachtschristen geworden –

Mich haben sie immerhin früh zur Bekennenden Kirche geführt, sagte Marie, weißt du eigentlich, dass ich das jüngste Mitglied in ganz Mecklenburg war, das war für mich wichtig, Neinsagen lernen, jedenfalls da und dort, das war eher eine politische Stärkung, ich hab ja lange den Kompromiss gesucht zwischen Kreuz und dem Hakenkreuz des BDM, ich wollte mit zwanzig noch eine gute Nationalsozialistin und eine gute Christin sein, und wer weiß, was geworden wäre, wenn die Nazis nicht gegen

Christen und Juden gehetzt hätten, aber als das entschieden war, habe ich trotzdem mit dem Glauben gerungen all die Jahre –

Immer waren da Zweifel und Fragen, ich konnte mich nie zufriedengeben mit den schönen Bibelsätzen und den wortstarken Chorälen, die haben ja manchmal geholfen, wenn es ganz schlimm wurde, aber die Gewissheit oder nur das Gefühl, wirklich zu glauben, im Glauben geborgen zu sein auf Dauer, das hat sich bei mir nicht eingestellt, bis heute nicht, und das kann ich in unserer großen Familie vielleicht nur dir sagen, meinem frechen Brüderchen –

Ich versuch das gar nicht mehr, sagte Detlev, und Vater ahnt das bestimmt, es muss doch irgendwie auch traurig für ihn sein, da hat er sein ganzes, sein eigentliches Leben mit Zeltmission und Kneipenmission und Bädermission und Stadtmission zugebracht, hat zu Tausenden gesprochen und wer weiß wie viele bewegt und vielleicht hier und da eine kleine Schar auf den christlichen Weg gebracht, aber da, wo er den größten Einfluss hatte und die meiste Zeit, bei seinen Kindern, da fällt die Ernte doch eher mager aus –

Und seine Vorträge, die er uns immer zugesteckt hat, diese Broschüren, *Christliches Leben – wozu?* oder *Ist mit dem Tode alles aus?*, Detlev hielt inne und dachte nach, *Frisch, fromm, fröhlich, frei,* oder *Wie werden wir mit dem Leben fertig?* ergänzte Marie –

Egal, welche Schrift du nimmst, sagte Detlev, da ist erst mal alles in sich schlüssig und klar, aber dann merkst du, den Sprung in den Glauben, den kann er mir auch nicht bieten, nicht mal erleichtern, es macht mich eher misstrauisch, dass alles so hopplahopp gehen soll, einfach sich Gott unterwerfen oder Jesus hinterherlaufen mit einer sechsköpfigen Familie, das kann nicht jeder, dafür muss man sich vorher schon mal dem Kaiser unterworfen haben, Almut hat da vielleicht doch recht mit ihrem strengen Blick, fast zwanzig Jahre Training beim Militär, das hat bestimmt geholfen, immerhin, er scheint seine Botschaft doch ziemlich gut verkauft zu haben, sonst hätten sie ihn nicht behalten bei der Wichernvereinigung noch weit über die siebzig hinaus –

Aber die zukunftsfröhliche Christenhaltung, die scheint ihn heute nicht mehr richtig zu tragen, sagte Marie, immer öfter beklagt er das moderne Heidentum und die gottlose Welt, die der Probleme nicht mehr Herr wird, weil sie sich nicht mehr Gott anvertraut und so zum Hexenkessel wird, zum Kampf aller gegen alle, eine düstere Zukunft, in der es um die Entscheidung zwischen dem Guten und dem Bösen geht, zwischen Gott und den satanischen Mächten, zwischen Jesus und der Finsternis –

Und lobt den Herren, der alles so herrlich regieret, meinte Detlev, aber was anderes, er muss ein ganz guter Verkäufer gewesen sein, um es mal nüchtern zu sagen, klar, wir kennen seine Zahlen nicht, wie viele Leute wurden zum Beispiel nach einer Missionswoche, sagen wir in Bad Orb, wirklich bekehrt zum wahren Christentum nach seiner Definition und sind dabei geblieben, drei oder acht oder keiner, wir wissen es nicht, aber eins weiß ich, wahrscheinlich hab ich es von ihm, mein Talent als Kaufmann –

Exportkaufmann sogar, sei nicht so bescheiden, sagte Marie, also bist du auch eine Sorte Missionar mit deinem Bayerkreuz, und ich hab mein Talent als Reimerin und Missionarin auch von ihm geerbt, schon als Schülerin wollte ich das werden, erst Missionarin in Afrika, dann Schriftstellerin, wir sind und bleiben halt die Kinder des Alten, egal unter welchem Kreuz –

Bad Orb, das war ein Stichwort, das sogleich lebendig wurde, als sie mit dem Bruder auf das Waldstück zuging, über Vergangenheiten und schwierige Glaubensfragen redend, und gleichzeitig Hans von Schabow und Martin Niemöller einen Wald ansteuern und miteinander reden sah –

In irgendeinem Kurort, einem Kurpark, warum nicht Bad Orb, wohin er oft zu seinen Missionswochen aufgebrochen war und wo ein Niemöller als Kurgast gewesen sein könnte, der, vom Namen des alten Kameraden Wachoffizier angelockt, sich unter die Zuhörer begibt und am Ende auf den Redner zugeht, der zeitungsbekannte Bischof spricht seit 1916 zum ersten Mal wieder mit Schabow, und wie sie sich zu einem Treffen verabreden, zu einem Gang den Kurpark hinauf bis an den Waldrand –

Eine lustige Geschichte wäre das: Kameraden im gleichen Rang beim Schiffeversenken im Mittelmeer, beide später in der Bekennenden Kirche, der eine eher leise, der andere laut, nach dem Krieg und heute auf ganz verschiedenen Wegen, der eine konservativ, der andere kommunistisch, werden sie streiten, mit Bibelzitaten, mit Paulus-Florett fechten, oder werden sie es schaffen, am Waldrand bei Bad Orb zusammen Pflaumenkuchen zu essen zwischen Mittagstisch und Bibelstunde, das könnte eine hübsche Szene werden mit zwei alten Kapitänen und Kirchenmännern, die sich am Ende fast wegen Adenauer prügeln –

Das Waldstück war erreicht, unser Stadtwald, sagte Detlev, ein paar Bäume haben sie stehenlassen in diesen Niederungen, unsere Chemikerstadträte, damit wir nicht ganz vergessen, wo wir herkommen, wir Waldaffen –

Marie blieb stehen, reckte den Kopf der Januarsonne entgegen und meinte, zarte Wärme auf der Gesichtshaut zu spüren, versuchte den Einfall, die Bilder mit Niemöller in

Bad Orb, zu behalten und schwieg lange, bis sie fragte: wie hältst du es aus in dieser Industrielandschaft, in dem vollgesiedelten Rheinbecken, in diesen Neubauniederungen, ich kann nicht vergessen, wo wir herkommen, ich würde hier ständig meinen Heiligendamm-Koller kriegen –

Ja, ich geb zu, ich hab sie noch viel zu oft, diese Anfälle, diese wohligen Phantasien, da seh ich mich aufs Fahrrad springen und losbrausen, die Dammchaussee runter, der See entgegen, dann kommt mir jedes Haus an der Straße wieder ins Gedächtnis, jeder Garten, jede Wiese, die dampfende Molly nebendran sowieso, die Schienen, jede Kurve, jeder Baum, und dann trete ich los mit aller Kraft, rein in die Pedalen, und hänge über dem Lenker, rase runter bis zum Strand, und dann ins Wasser, der Sprung, wie oft wünsch ich mich zurück in die eigene Jugend, in unser turbulentes Familienleben –

Versteh ich, aber sag mal ehrlich, eine ganz intime Frage, fühlst du dich heimatvertrieben? –

Marie lachte, nein, ich trag mein Doberan im Kopf mit mir rum, besser als jeder Heimatverein, ich halt es ganz gut aus in Frankfurt, da haben wir statt der See die Wälder, Taunus, Rhön, Spessart, Vogelsberg, ich vermisse nur manchmal unsere mecklenburgischen Endmoränen –

Ach, Marie, die Welt ist voll von Endmoränen –

# 5

Zwei Stunden später streckte Marie von Schabow im Eilzug Köln-Deutz–Koblenz Hbf die Beine aus, belästigt vom leisen Schmerz im Unterleib, müde vom Rouladen-Mittagessen, von der kurzen Nacht, von den schwierigen Gesprächen über die Eltern –

Der Zug fast leer am frühen Sonntagnachmittag, sie hatte absichtlich keinen D-Zug genommen, nicht um zu sparen, sondern um mehr Zeit zum Schauen zu haben, um die Rheinfahrt etwas zu verlängern und auszukosten, in Koblenz umsteigen nach Frankfurt, sie wollte nicht im schnellstmöglichen Tempo durch die Postkartenlandschaft jagen, sie hatte Glück mit dem Wetter, kein Regen in Sicht an diesem Wintertag –

Die rechtsrheinische Strecke, die weniger attraktive, die Güterzugstrecke, auch weil sie einmal durch den Loreley-Felsen fahren wollte, wenn ich schon nie da oben war, hatte sie sich gesagt, wann kommt eine Frankfurter, eine mecklenburgische Hausfrau und Mutter schon auf die

Loreley, will ich wenigstens unten mal nach dem Rechten sehen, auf Schienen mitten durch die Loreley rollen, den Felsen zum Anfassen nah und nicht wie üblich vom andern, vom linken Ufer auf die abwesende Nixe starren –

Das war irrational, das hätte als verrückt gegolten, wenn sie das jemandem hätte begründen müssen, doch ihren kleinen Eigensinn brauchte sie nirgends zu rechtfertigen, es gefiel ihr, vom Üblichen abzuweichen und die Perspektiven zu wechseln, vom anderen Bonn auf das Bundeshaus zu schauen, am Drachenfels entlangzuschrammen, in Königswinter Hotelfassaden zu bestaunen und in Rhöndorf einen Schnellblick auf Adenauers Garten zu erwischen, weiter, weiter, immer am Rhein entlang, dessen Ufer nah an den Bahndamm reichten, immer vorwärts durch schöne Gegenden, vom Zugfenster gerahmt, am hellen Tag eine Freude für die Augen, im Rhythmus der regelmäßigen Gleisschläge der Räder, im Eichendorfftakt *Grüß dich, Deutschland, aus Herzensgrund*, das Lied von Hugo Wolf, das sie einst so erschüttert hatte, zwischen lauter Russen sitzend in einem anderen Leben –

Sie lehnte sich zurück und begann die Bequemlichkeit zu genießen, in Fahrtrichtung sitzend gefahren zu werden, ohne einen Finger, ohne die Beine zu rühren in der behaglichen Wärme des Eilzugs, so rollte sie nach Hause in gemäßigtem Tempo, die Blicke auf den Strom, auf Lastkähne, Fährschiffe und die wechselnden Kulissen der Häuser und Villen, Kirchtürme, Fabriken, Burgen am anderen Ufer, alles im milden Winterlicht, als warte die schrägstehende Sonne über den Wolken auf ihren Auftritt, zu dem es an diesem Nachmittag nicht mehr kommen sollte –

Immer noch gingen ihr Formulierungen aus dem Tagebuch durch den Kopf, das sie nach dem Frühstück durchgeblättert hatte, sie erinnerte sich, dass der Vater im vorigen Jahr einmal, als sie zu zweit durch den Wald liefen, von diesem Kriegssommer gesprochen hatte, als ihm der Glaube an sein Können als U-Boot-Fahrer verlorengegangen war, weil keine Schiffe zum Abschießen mehr vorbeikamen und er seine Torpedos nicht loswurde, und war dann nicht der sonderbare Satz gefallen: auch heute noch besteht mein Leben in dem Kampf gegen die dunklen Gewalten in mir –

Das konnte man sich nicht vorstellen bei diesem mustergültigen Christen, Ehemann, Familienvater, und sie, die ins Vertrauen gezogene Tochter, war völlig überrascht und hatte nicht zu fragen gewagt, welche dunklen Gewalten er meinte –

Dunkle Gewalten, weil die alten Argumente und Ausreden, die alten Rüstungen rostig geworden waren und er sich vielleicht doch als Massenmörder fühlte in stillen Stunden, wenn die Bilder wieder aufstiegen von den jungen Männern, die er mit seinen Torpedos in die Hölle des Meeres geschickt hatte, mindestens zwei Truppentransporter mit vielen hundert Mann sollen es gewesen sein –

Tiefe Traurigkeit, Schuldgefühle, vielleicht wegen der ins Irrenhaus gesperrten, abgeschobenen Mutter, vielleicht sogar wegen seiner militärischen Erziehungsmethoden, die möglicherweise jemand an ihm kritisiert hatte, vielleicht wegen der Böcke des Widerspruchs, die er seinen Kindern ausgetrieben hatte mit zischender Stimmgewalt, vielleicht wegen des zu oft eingesetzten Stocks gegen die Söhne und Enkel, Maries Brüder hatten den Stock noch selbst aus der Kammer holen und dem schlagbereiten Vater überreichen müssen, und fürs Schreien gab es einen Schlag extra, dunkle Gewalten, waren das Depressionen, wie man heute sagte –

Marie hätte entspannen können, aber auch Reinhards Kinobesuch beschäftigte sie, *Odyssee im Weltraum*, die in Russland gewachsene Sehnsucht nach fernsten Fernen, sehr verständlich, trotzdem merkwürdig, dass er jetzt darauf kam und sich so ungelenk verteidigte, daran stimmte etwas nicht, und doch wehrte sie sich dagegen, ihn gleich einer Lüge zu verdächtigen –

Die große Rheinfahrt, der alte Traum, einmal auf einem dieser edlen weißen Touristenschiffe von Frankfurt nach Rotterdam und zurück, diesen Wunsch hatte sie hin und wieder geäußert, die Hochzeitsreise, die hätten wir immer noch nachzuholen seit dem Sommer 1943, die hätten wir doch allmählich verdient, nach der Hochzeit gleich zurück an die Front, nach der Front die Gefangenschaft, ein Jahr, zwei Jahre, drei, vier, fünf Jahre, nach der Gefangenschaft das Gesundwerden, nach dem Gesundwerden das Geldverdienen und Arbeiten, Arbeiten, Arbeiten, so war es gegangen bis zur Silberhochzeit, aber auch zur Silberhochzeit hatte Reinhard sie nicht überrascht mit dem Fahrschein inklusive Zweibettkabine auf einem Schiff der Köln-Düsseldorfer, sondern mit einem Schnellkochtopf –

So vernünftig war sie auch, das Sparbuch nicht anzutasten für solchen Luxus, beide waren sich stets einig, viel zu teuer, das Schiff ein Luxushotel, das war nichts für den Etat einer sechsköpfigen Familie, aber Marie wollte den Traum von der Rheinfahrt nicht so vernünftig, so rechnerisch abtun, sie trug die Phantasie von der nachzuholenden Hochzeitsreise weiter mit sich herum –

Mit den Jahren war ein anderes Motiv gewachsen, die Absicht, auch im Westen den Horizont zu erweitern, der Wunsch, im schmaler gewordenen Deutschland die Landschaften der Träume und Tagträume auszubauen, nicht allein auf das verlorene Heiligendamm und das verlorene Rostock und die anderen russisch besetzten Orte angewiesen zu sein, so hatte sie oft gedacht, ich will meine kindliche Sehnsucht nach Heiligendamm nicht unterdrücken, aber zähmen will ich sie und die Phantasie auch in andere Ausflugsgebiete schicken, an den Rhein zum Beispiel und zur Loreley, bis uns diese Gegenden so vertraut werden, dass wir sagen, auch hier gehöre ich hin, fünfundzwanzig Jahre nach Krieg und Flucht –

Noch jemand ohne Fahrschein, fragte ein gutgelaunter Schaffner und kontrollierte die Karte Amsterdam–Frankfurt 2. Klasse, prüfte sie genau und scherzte dabei, warmherzig, werbend, und Marie wischte der Gedanke durch den Kopf: ja, ich habe eine Fahrkarte, ich gehöre dazu, dies ist mein Rhein, meine Bundesbahn, mein Drachenfels, mein Adenauer, und dieser rheinische Schaffner, ein gutes Gefühl breitete sich in ihr aus, im Vorbeifahren Besitz zu ergreifen von allem, was die Augen fassen konnten –

Es fehlten nur die weißen Luxusschiffe, aber davon, dass sie ihren Wunsch hin und wieder aussprach, flogen die nötigen Hundertmarkscheine auch nicht herbei, man könne wandern über dem Rhein, Tagesausflüge mit dem Zug, hatte Reinhard vorgeschlagen, aber das war es nicht, es musste Stil haben, zu fest saß in ihr das Bild von den Hotelschiffen, nach denen sie Ausschau hielt im Eilzug, Rolandseck und Remagen auf der anderen Seite, bis ihr einfiel, dass im Januar keine Saison für solche Ausflüge war –

Beim Halt in Linz der Gedanke: kein Wunder, dass ich mich in diese fixe Idee vom schwimmenden Hotel verstiegen habe, für eine Kapitänstochter, geprägt von einer Generalstochter und einem Militärvater mit einer düsteren, kriegsstolzen U-Boot-Vergangenheit, ist das eine ziemlich normale Reaktion, die U-Boote vergessen und versenken zu wollen und sich auf das Gegenteil zu versteifen, auf ein Binnenschiff, ein weiß leuchtendes statt auf ein grau getarntes Boot, auf ein ziviles, friedliches statt auf ein schießendes Fortbewegungsmittel, auf den Luxus der Entspannung statt auf spartanische Enge und Befehle –

Befehle, zu spät fiel ihr das Stichwort ein, darüber hatte sie mit Detlev sprechen wollen, die Befehle, die der Volksmissionar seinen Kindern und Enkeln erteilt hatte im Offizierston gegen das Weinen zum Beispiel: *Schluck's runter, schluck's runter*, Marie hatte herausfinden wollen, wie der Bruder das erlebt hatte, wenn man, was noch schlimmer als das Weinen war, den sogenannten Bock hatte, kindlichen Trotz, Widerspruch, stures Nein, das die Kinder selten einmal gegen die milde mütterliche oder die strenge väterliche Autorität wagten, den Bock durfte man nicht haben, das war beinah wie der Teufel im Leib, den musste man sich selber austreiben und dann klein beigeben, wie war das beim jüngeren Detlev gewesen –

Vorbei, vorbei, vergiss die schwärzeren Seiten der Offizierserziehung, du hast sie überstanden, du hast deinen festen Boden gefunden, Lastkähne mit Namen Erna oder Helena zogen gemächlich an den Bojen entlang ihre Bahn flussaufwärts oder flussab, mit flüchtigem Neid schaute Marie auf die Männer, die hinter dem Steuerruder standen, auf Frauen, die Wäsche aufhängten, auf Fahrräder, die am Heck dieser Schiffe befestigt waren, ein flüchtiger Neid, weil diese Leute ihre Heimat gefunden hatten in der Bewegung, im Unterwegssein –

Neuwied, so schnell schon Neuwied, der Zug bremste und hielt, Neuwied am Rhein war ihr bekannter als jeder andere Ort auf der Strecke, sofort war er wieder präsent, der Schock vor fünf Jahren, als der Vater und sie mit den Abenteuern fast unbekannter Vorfahren konfrontiert wurden, ein Schock für den Vater, der in seinen Vorträgen und Appellen zur Umkehr sich gern empörte über die vom gottlosen Zeitgeist hochgespielten sexuellen Dinge mit ihrer dämonischen Macht, und dann, hier in Neuwied, die Entdeckung machen musste, selber ein Urenkelkind dieser dämonischen Macht zu sein –

Nachdem der Archivar des Fürsten Wied ihn gefragt hatte, ob er ein Nachfahre der Jasmunds sei, und als klar war, dass der Prinz von Oranien und spätere König Willem in einer außerehelichen Verbindung mit der Berlinerin Marie Hoffmann eine Tochter gezeugt und im Testament anerkannt und reich ausgestattet hatte und geadelt als Wilhelmine von Dietz, die einem Carl von Jasmund angezwungen und verheiratet wurde, als die Rätsel der dunklen Herkunft seiner kranken Mutter Elisabeth von

Jasmund auf einen Schlag mit einem Packen königlich besiegelter Dokumente beantwortet waren –

Der Vater hatte zuerst nur sie eingeweiht, Marie war mit ihm nach Neuwied gefahren, an diesem Bahnhof waren sie ausgestiegen und hatten im Schloss des Fürsten Wied die Akten durchgesehen und einiges abgeschrieben, zwei Tage bevor das Material ins Königliche Hausarchiv nach Den Haag transportiert wurde, wo sie es jetzt zum zweiten Mal und mit etwas mehr Ruhe durchgearbeitet hatte, die wichtigsten Dokumente konnten in einem Fotogeschäft in der Nähe des Bahnhofs umständlich abfotografiert werden –

Da hatte der prüde Gottesmann, der nicht einmal in Kunstbüchern nackte Menschen betrachten und Geschlechtsteile dulden mochte, mit der Tatsache zu kämpfen, von einem Ehebrecher abzustammen, und es war ihm zuerst peinlich, als hätte er nie etwas gehört vom Mätressenwesen im höheren Adel und von der Gewalt, die sich Gutsherren gegen die Dorfmädchen herausnehmen durften, da wurde er fast verlegen wegen seiner Herkunft, der über siebzigjährige Korvettenkapitän a. D., da schien die Scham, ein Urenkelkind der Sünde aus dem Jahr 1811 zu sein, größer als der kindliche Stolz, der witzlose Witz, das illegitime Urenkelkind eines Königs zu sein –

Erleichtert über die Auflösung des alten Familienrätsels waren sie beide, aber er war bis heute nicht losgekommen von seiner moralischen Sicht, während sie von jedem Detail dieser Geschichte gepackt wurde, von dem Drama der unehelichen Königstochter, und den Stoff wie ein Geschenk annahm als den ihren, der ihr endlich das Schreiben des großen Romans erlauben würde –

Das Projekt, von dem sie schon mit achtzehn Jahren geträumt hatte, als sie nur Bruchteile der Minna-Geschichte kannte, das meiste in falscher Gemunkel-Version, das Projekt, das sie seitdem nicht losgelassen und bis Den Haag geführt hatte und jetzt an den Rhein und wieder nach Neuwied, wo der Bahnhofsvorsteher mit der roten Mütze auf dem Bahnsteig hin und her lief, den Zug warten ließ und erst nach ein paar Minuten pfiff und die Kelle zur Weiterfahrt hob nach Koblenz hinüber –

Das Lebensprojekt Minna, vielleicht der tiefere Grund, dass sie deutsche Kulturwissenschaft und Literatur studiert hatte, um eine tüchtige Lehrerin zu werden, stets mit dem Hintergedanken, sich vorzubereiten auch für das heimlich erstrebte Handwerk des Schreibens und vor allem des Schreibens dieser Geschichte, Studentin in Rostock, Studentin in Freiburg, Seminar bei Ritter –

Bis ihr das Lächeln alle Pläne umgeworfen hatte, zwei sanfte blaue Augen und ein so liebesbereites Lächeln, das sie befangen gemacht hatte und das sie, um von der plötzlichen Hitze und der vermuteten Röte auf den Wangen abzulenken, mit ihrem Zurücklächeln in das gütige Gesicht des jungen Mannes beantwortet hatte, das sich von all den kantigen, vergrämten, müden Kriegsgesichtern unterschied –

Verliebt, verlobt, verheiratet, sie hatte es selbst kaum verstanden, wie schnell das ging, wie selbstverständlich, nachdem im Frühsommer 1942 auf dem Gut Mollnitz bei Wismar, das zahlende Gäste nahm und wo ihre Mutter sich einige Tage erholen wollte mit ihr, der ganz auf Wolframs *Parzival* konzentrierten Studentin, der jüngste, in Frankreich stationierte Sohn des Hauses für einen kurzen Heimaturlaub aufgetaucht war und in seiner Unteroffiziersuniform Marie herumgeführt und ihr die Ställe gezeigt hatte für die Kühe, die Schafe, die Schweine, den Gemüsegarten, den Park –

Reinhard und sie hatten später nie sagen können, ob die vielbesungene, die vielbemühte Liebe auf den ersten Blick schon vor den Stalltüren oder in den Ställen oder bei den Gemüsebeeten oder doch erst im Park das Lächeln ins Gesicht des Unteroffiziers und die erste Röte auf die Wangen der Studentin gezaubert hatte, so plötzlich war sie da, die Liebe, so plötzlich der Wunsch eines gemeinsamen Lebens, und der Keim einer Andeutung einer Zukunft als Gutsfrau –

Nicht auf Gut Mollnitz, weil das Reinhards älteren Brüdern zustand, aber er sollte, das war lange geplant, nach seiner Dienstzeit oder nach dem Krieg, nach dem Sieg, erst einmal eine Staatsdomäne pachten, und ein Pächter musste nachweisen, dass seine Frau etwas von landwirtschaftlicher Hauswirtschaft verstand –

Nach dieser kurzen Begegnung war ihr gleich die Phantasie durchgegangen: Marie von Schabow wird Marie von Mollnitz und Gutsfrau, sie hatte sich sofort gewehrt gegen solche verrückte Voreiligkeit, gegen das Wunschbild mit einem unbekannten Mann, aber kaum in Doberan zurück, hatte sie sich nicht mehr auf den *Parzival* konzentrieren können und aufs Fahrrad geschwungen, auf der Dammchaussee und der Landstraße hinunter nach Heiligendamm kräftig in die Pedalen getreten, übermütig und vor Kurven bremsbereit, und war am Strand entlanggelaufen den ganzen Sommerabend, um das Orakel der Wellen zu befragen, das Durcheinander in ihrem Kopf, die Wünsche und Widersprüche zu sichten –

Das blitzte nun alles wieder auf, als der Zug unter der Festung Ehrenbreitstein langsamer als vorher rollte und sie das Deutsche Eck in den Blick bekam mit dem Reitkaiser, mit Kaisern aber wollte sie jetzt nichts zu tun haben, nicht abgelenkt werden, viel aufregender schien ihr der Gedankenfluss durch die eigene Vergangenheit, die Hin- und Rückfahrten ihrer Erinnerungen –

Was fängt eine Frau mit Geist an, diesen Satz der Leiterin der Frauenschule in Wieblingen, auf der Marie vor dem Abitur ein Jahr lang ihre mecklenburgischen Horizonte erweitern durfte, diesen Stoßseufzer der mutigen Frau von Thadden, über die sie viel später die Biographie schreiben sollte, hatte sie nie vergessen und trotz aller Selbstzweifel heimlich auf sich selbst zu beziehen gewagt schon damals und zum stillen Antrieb für die Wunschbahn ins Literarische, ins Künstlerische gemacht –

Wie sollte sie diesen vermessenen Anspruch verbinden mit der vagen Aussicht, die Frau des Pächters einer Staatsdomäne, später vielleicht eines Familiengutes zu werden, eine Gutsfrau, von der Frühe des Tages bis spät in die Nacht in allen Jahreszeiten beschäftigt im Rhythmus des Landlebens, im vielfachen Takt von Saat und Pflege, Geduld und Ernte aufgerieben, was sollte da werden aus dem bisschen Geist –

Der langsam sinkenden Sonne nach war sie fast bis Kühlungsborn gelaufen, das vertraute Profil der Kreidefelsen mit ihren windschiefen Bäumen und Sträuchern zur Seite, die Weite der See auf der andern, und hatte auf dem Rückweg die Badefamilien beobachtet, die ihre Sachen packten und zu den Villen der Pensionen und Kleinhotels in der Strandstraße gingen, den schmucken Bauten mit weißen Veranden –

Es war ihr klar, sie würde sich niemals solchen Ferienluxus leisten können, weder als Frau mit Geist noch als Frau mit Gut, und bis zum Sonnenuntergang war sie am Strand geblieben, die Blicke weit hinaus zu den Horizonten des dunkelnden Meeres, in Erwartung einer Lösung, trotzig, jungmädchenhaft –

Auf den Rhein hinunterschauend, der Zug rollte so langsam, als wäre die Brücke beschädigt, träumte sie sich in die Träumerin von damals hinein, die das turbulente Familienleben in der Bismarckstraße geliebt hatte, vor allem im Sommer die Wohnung voller Kinder, der Keller voll mit Stahlrössern, die Betten mit Sommergästen, der Garten voll Obst, der Hof voll trockener Badeanzüge, die Bettvorleger voll Dammer Sand, der Vater pfeifend und singend, vielleicht nur sich selber ermunternd, den Kopf voll mit Liedern, die Mutter heiter, sorgend, gütig, praktisch bis in den Abend beim Strümpfestopfen –

Eine Träumerin, die sich solch einen Trubel nicht in einer Mietwohnung, sondern in einem Gutshof vorstellte, diese Aussicht hatte alle Gefühle durchzuckt, und wenn alles gutginge bis zur Heirat, durfte sie hoffen, ihre Kinder auf dem Land aufwachsen zu sehen, ein Gut war ein relativ sicherer Ort in den Zeiten der Bomben, ein Platz, wo der Hunger zuletzt und der schreckliche Staat weniger als anderswo zu spüren sein würde, es könnte ein Ort der

Ruhe und Kraft sein für alle, die sich da einfügten, eine Insel der Ordnung und der Geselligkeit mit Freundinnen, Freunden und aufrichtigen Leuten, die den Staat der Parteibonzen ablehnten, im geistigen Austausch, hier könnte man im Winter sogar Bücher schreiben, Geist und Gut mussten sich nicht ausschließen –

So plötzlich diese Entschlüsse, das heimliche Ja zu Reinhard, das offene Ja zu Reinhard, dass sogar ihr Vater gezögert hatte mit seiner Einwilligung, der lachende Mann war sehr ernst geworden, ihr habt nichts, ihr seid nichts, und das im Krieg, bis er sich seiner eigenen Verlobung erinnerte und, wie immer auf Gott bauend, die Zustimmung gab –

So schnell war ihr Ja zu Reinhard gekommen, dass manche aus seiner Familie ihr Berechnung unterstellten, obwohl seine älteren Brüder die Gutserben waren und er nur Pächter woanders werden konnte, obwohl sie doch des Geliebten und seiner sanften Augen wegen ihren Lebensplan umwerfen wollte, obwohl sie als aufrichtige junge Christin galt, obwohl sie nur nebenbei gesagt hatte, dass ihre jüngere Schwester bereits verheiratet war und ein Kind erwartete, und obwohl sie nur Reinhard anvertraut hatte, wie sehr sie das familientraditionelle Leben auf einem Gut schätzen würde, wie sie es bei ihrer Verwandtschaft erlebt hatte –

Also rasch die Verlobung mit dem lächelnden, etwas linkischen, in rote Wangen verliebten Mann, der so glücklich war, eine Braut an der Seite zu haben, und weg ins Regal die Bücher, *Parzival* zugeklappt, Schluss mit dem Studium, wie weh das tat und doch getan werden musste, das Opfer hatte sie damals nicht als Opfer verstanden, exmatrikuliert zum 31. Juli 1942, und als frisch Verlobte ab in die Lehre der Landwirtschaft, immer hoffend auf einen raschen und glimpflichen Ausgang des Krieges –

Die Erbgroßmutter boykottierte trotzdem die Hochzeit, kam nicht mit zum Altar vor dem berühmten Triumphkreuz im Doberaner Münster, wer war schon Marie von Schabow, sie brachte kein Gut mit und kein Vermögen, es gab doch die größte Auswahl an bessergestellten Mädchen, Marie war arm und eine Drei-Semester-Studierte, die nichts von Landwirtschaft verstand, nicht einmal vom Gartenbau, untragbar für einen Reinhard von Mollnitz –

Doch alles kam anders, bald nach der Hochzeit starben Reinhards ältere Brüder an den Fronten, sodass er, die Schlachten in Frankreich und Russland überlebend, nun als Erbe von Mollnitz an der Reihe war, die Zukunft wäre einfacher gewesen ohne den Krieg, der alles durcheinandergewirbelt hatte einschließlich der erträumten, nie gereisten Hochzeitsreisen im Sommer 1943, die sie sich ohnehin nicht hätten leisten können, die Mollnitzens rückten nichts raus, die Schabows hatten nichts –

Nachdem der Krieg einen Strich durch alle Rechnungen gemacht hatte und der Nachkrieg noch mehr, konnte man erst jetzt wieder an so schöne Nebensachen wie Hochzeitsreisen denken, aber erst mal hatte Reinhard Geld zu verdienen, und kaum atmete man etwas auf, da reiste er allein, da schwirrte er schon in den Weltraum aus, träumte sich, wie sie vermutete, aus ihrer Nähe fort, drehte sich zur Seite, während sie im braven Eilzug durch die Rheindörfer rollte, den Rhein überquerte und endlich in Koblenz einfuhr und von weißen Luxusschiffen schwärmte –

Das weite Bahnhofsgelände und die Gebäude der Innenstadt verstellten den Blick zum Deutschen Eck, Marie zog den Mantel über, nahm den Koffer, *Nicht öffnen, bevor der Zug hält!*, und stieg um in den Eilzug nach Frankfurt, hatte sechzehn Minuten zu warten, auch diese Bahnhofsuhr, alle Bahnhofsuhren hatten einen Sekundenzeiger, und sie fragte sich, wozu müssen sie so penibel die Sekunden zählen bei der Bahn –

Sie lenkte sich ab, stellte sich den Vater unten am Deutschen Eck vor, wo die Mosel in den Rhein mündete, unter den Hufen des Pferdes des Denkmalkaisers, sie vermutete auf dem Pferd den ersten, aber Wilhelm Zwei passte ihr besser ins Bild, sie sah den kleinen Kapitän, der seinen Kaiser nie vom Sockel gestürzt hätte, unten vor dem Denkmal stehen, ohne Uniform, aber immer noch voll Achtung und Gehorsam aufblickend zu seinem einstigen Herrscher –

Sein ewiger Kaiser, der am meisten von allen Regenten verantwortlich war für die Niederlage und all die folgenden Niederlagen und die Millionen Toten und am Ende auch für die ausgefallenen Hochzeitsreisen, aber nicht nach Meinung des Offiziersvaters, der noch Ende der zwanziger Jahre gesagt hatte, *es war die größte verbrecherische Torheit, dass unser Volk sich so an dem Kaiserhaus versündigt hat*, das bliebe *als Schuld auf unserm Volk liegen*, deshalb hatte Gott die Niederlagen der Deutschen gewollt und ihnen den Weg zum wahren Heil gewiesen, denn nur dank der Niederlagen hatte es die Wendungen, die Fügungen, die Bekehrungen gegeben und das Paulus-Erlebnis von Neustrelitz –

Die Aussicht aufs Deutsche Eck war versperrt, aber das Bild vom Kapitän in Zivil vor dem Kaiser blieb als starkes Bild haften, Marie hätte ihm gern die Hand auf die Schulter gelegt und mit ihm gesprochen über sein Tagebuch von Neunzehnachtzehn, seine gequälte Seele im U-Boot und über den Kaiser, dem er weit über die achtzehn Militärjahre hinaus gedient hatte und mit dem er, wie sie seit dem Vormittag in Amsterdam wusste, näher verwandt war, als er ahnte –

Aber darüber konnte man nicht diskutieren, Vorsicht vor dem Modewort diskutieren, dachte Marie, ein Drohwort der jungen Rebellen, der Korvettenkapitän hatte immer noch Schwierigkeiten, die Niederlage von 1918 als eine richtige Niederlage zu begreifen, weil für ihn der Verrat der Feinde und die mangelnde Treue der Deutschen zu sich selbst schuld waren an dieser Demütigung, an Elend und Verfall, und nicht etwa Tirpitz ein strategischer Dummkopf, nicht der uneingeschränkte U-Boot-Krieg gegen Handelsschiffe eine zusätzliche Ursache für den Hunger und der Kaiser nicht einer der schlechtesten, eitelsten Preußenregenten nach Meinung vieler Historiker, solche Ketzereien waren ihm fremd, Marie hatte ihn nie etwas Kritisches über Wilhelm sagen hören –

Der Zug hatte noch zu warten, nur wenige Leute stiegen ein, auch heute, dachte Marie, erlaubt er sich keine Kritik an gottesfürchtiger Obrigkeit, sogar wenn sie katholisch war wie Adenauer, auch heute, da er seine politischen Meinungen an der FAZ und am *Adelsblatt* orientierte, waren seine Argumente nicht viel anders, immer wieder konstatierte der eifrige Zeitungsleser die Gottlosigkeit der modernen Zeit, und meistens stimmte Marie ihm zu, obwohl es ihrem Freigeist widerstrebte, hinter allem, hinter allem Schlechten und Bösen gleich den Satan und dunkle Gewalten zu vermuten –

Als der Zug endlich losruckte, sah Marie den kleinen Mann wieder neben sich sitzen, bescheiden, nicht sprechbereit, und er schien sich zu freuen, nun in einem anderen Eilzug über eine stählerne Brücke auf die rechtsrheinische Seite und dann nach Süden zu rollen, der Alte schaute zum Fenster hinaus, das weiße Schild mit schwarzen Buchstaben *Nicht hinauslehnen!* in vier Sprachen beachtete er nicht, das Fenster blieb geschlossen, Marie musterte ihn, er wirkte vergnügt, keineswegs von dunklen Gewalten geplagt, niederlagenerprobt, das hat er mir beigebracht, wie man immer wieder von vorne anfängt nach den Niederlagen und sich von keiner Katastrophenstimmung besiegen lassen darf, den Untergang sehen, aber über den Untergang hinausdenken, wir alle sind Überlebende, aber keine Verlierer –

Ach, es gäbe so viel zu tun, dachte sie in gelassener Sonntagsheiterkeit, und ich kutsche hier durch die Gegend auf zuverlässigen Schienen und Schotterdämmen, die Strecke von Signalen gesichert, leiste mir eine Rheinreise, halte in Lahnstein und rausche weiter und lasse den Vater hinter mir, beim Kaiser in Koblenz, ich muss ihn abschütteln, er soll mir nicht immer reinreden, seine Stimme zu meiner Stimme machen, er soll beim Kaiser bleiben, ich werde keine Rücksicht mehr darauf nehmen, was vor den engen Augen des Vaters und der Mutter Bestand haben könnte, auch nicht darauf, was Reinhard imponieren könnte, ich werde keinen unausgesprochenen Imperativen mehr folgen, weiter voran geradeaus kreuz und quer, ich wildere in meinen Erinnerungen, träume vom Schreiben und blicke auf den Strom, der mich so wunderbar inspiriert, und höre nur noch meine innere Stimme –

Alles so einfach, der Zug hatte Vorfahrt wie immer und machte einem an den Übergängen alle paar Minuten das Vergnügen, hinter den weißroten Schranken Autofahrer, Radfahrer, Fußgänger warten zu sehen, und so konnte sie, die reisende Marie, mit ihren Liebesgeschichten, mit ihren Erinnerungen und Projekten sich weit hinauslehnen aus allen Fenstern, und niemand störte sich an der Unordnung ihrer Erinnerungsflüge und Phantasien, niemand an ihren schweifenden, stillen Monologen –

Eine Bahnfahrt wie diese war eine der seltenen Gelegenheiten, das, was in ihr steckte, das Erinnerte und das Gelesene, das Durchdachte und das Neue, das Schwierige, das Ungelöste und das Schlichtschöne, das Widersprüchliche und das angeblich Verlässliche vor sich selbst auszusprechen, zurechtzurücken und weiterzutreiben, es gab nicht viele Gelegenheiten, die alten Geschichten einfach losspringen zu lassen, ungestört von Kindern, Mann und Pflichten egozentrisch zu sein und die Wunschkraft zu schärfen und in schöne Pläne zu verwandeln, und einmal wieder zu staunen, eine Überlebende zu sein –

Die sich den Spaß leistet, wegen Heine, den man ihr in der Schule vorenthalten hatte, durch den Loreleyfelsen zu fahren und still für sich zu feiern, dass die Zeit der Verbote vorbei war endgültig und das Tagebuchschreiben nicht mehr gefährlich, die Gestapo hätte auch Marie verhaften können, wenn sie ihr Tagebuch gelesen hätten, in dem sie Goebbels als Deutschlands Unglück bezeichnet und das Unrecht gegen die Juden beklagt hatte, auch sie hätte eine Rostocker Bombe um ein Haar zerfetzt, auch sie hätten die Russen erschießen können, weil sie ihre Vergangenheit nicht verschwiegen hatte –

Von der Wut gegen die Nazibonzen hatte sie geschrieben, als die Doberaner Bürger und Geschäftsleute so empört waren über die vom Ortsgruppenleiter erpressten Spenden zur nationalen Solidarität 1938, da hatte sie etwas notiert wie: Es herrscht eine unterdrückte Wut, wie soll das enden, auch mit den Juden regt sich allgemeines Mitleid, wir gehen einer Revolution entgegen, die schlimmer wird als alle vorigen, auch die ordentlichen Leute, gerade die werden sich beteiligen, und mit Recht –

Solche und ähnliche Sätze standen in dem Tagebuch der Neunzehnjährigen, und als sie das vor kurzem einmal wieder gelesen hatte, war sie erschrocken darüber, dass sie solche Worte wie Revolution damals spontan aufgeschrieben und gar nicht so mutig oder tollkühn gemeint hatte, was sie heute als mutig und tollkühn empfindet –

Sogar frechste Witze über Hitler und Goebbels waren da festgehalten, leichtsinnig, naiv, eine Hausdurchsuchung, ein Blick in diese Kladde hätte gereicht fürs KZ, denn der Vater, die Mutter und sie, alle drei standen wegen ihrer bescheidenen Tapferkeit in der Bekennenden Kirche auf einer schwarzen Liste der Gestapo, wie sie 1945 von dem freundlichen kommunistischen Bürgermeister erfuhren, was hätte da alles, was hätte nicht alles bei den Russen, sie hatte auch das glücklich überlebt und staunte in diesen Fahrminuten wieder darüber, als die Blicke auf Burgen und Weinberge und die luxuriösen Windungen des Stroms vor Boppard gerichtet blieben –

Zwei Wochen waren die Russen schon in Doberan, als alle Bewohner zur Kommandantur befohlen wurden, sich registrieren zu lassen und die nationalsozialistischen Organisationen zu nennen, denen sie angehört hatten, und da standen die Menschen beim Rathaus in mehrfach gewundener Schlange, Flüchtlinge und Einheimische, und als Marie nach stundenlangem Warten in bester Mailuft zu den Männern vorrückte, die Namen und Angaben in ein Heft eintrugen, hörte sie von den Leuten vor ihr immer das Gleiche: kein Mitglied, nirgendwo drin gewesen, nein, nein, nein, die Flüchtlinge hatten leicht lügen, aber die andern –

Und sie, mehr aus Trotz gegen die Verlogenheit ihrer Mitmenschen als aus gelernter preußischer Haltung

*Mut vor Thronen zeigen*, hatte, das Herz in den Knien, gesagt: Jungmädel, BDM, NS-Studentenbund, NSDAP, der Schreiber hatte keine Miene verzogen, nicht mal aufgeblickt, aber die Leute um sie herum waren zurückgewichen wie vor einer Aussätzigen, Schreckgesichter, und sie war erleichtert nach Hause gewankt zu ihrem Baby, der Mutter, den Schwestern, auf das Schlimmste gefasst –

Wie hätte sie da erklären können, dass sie mit der evangelischen Jugend zwangsweise in den BDM übernommen wurde, dass es die Pflichtmitgliedschaft im Studentenbund gab und dass sie ohne Antrag und gegen ihren Willen von ihrer Jugendfreundin und hohen BDM-Führerin zu ihrem Schutz als Parteimitglied registriert worden war, ohne jemals ein Parteibuch oder Abzeichen gesehen zu haben –

Zum Schutz, weil sie einige Male brieflich gegen die Verhetzung und Verhöhnung des Christentums protestiert hatte, seit sie, mit vierzehn Jahren, frisch konfirmiert, als das jüngste Mitglied der Bekennenden in Mecklenburg, in Privathäusern, da die Nazichristen die Kirche verschlossen hatten, zwischen den Eltern gesessen hatte, zwischen hundert Leuten, in allen Zimmern, im Flur und auf Treppen verteilt, dicht gedrängt, und die Botschaften, Hirtenbriefe und Predigten des Protests gehört hatte, während im Haus gegenüber hinter Vorhängen die Gestapo lauerte und die Namen notierte –

Wie hätte sie erklären können, dass sie, die doch auch ein gutes deutsches Mädel sein wollte, mit dieser Jugendfreundin und aufgestiegenen BDM-Führerin jahrelang heftig und offen diskutiert hatte über den richtigen Weg der Deutschen, zum Hakenkreuz oder zum Christenkreuz, und gehofft hatte, den Nationalsozialismus von innen her zu korrigieren, bis die Ausfälle gegen die Juden ihr den Idealismus ausgetrieben hatten –

Ein schattenloser Tag, Goarshausen hier und Goar drüben, der Rhein war fast zu riechen, so nah strudelte er vorbei, hinter jeder Kurve ein neues Bild, der Fluss, die Felsen, Burgen, Dörfer, Schiffe, Bahndämme, Straßen, Weinstöcke in der veränderlichen Vielfalt der Januarfarben, und jetzt die Loreley, die Marie von der anderen Rheinseite aus, bei ihrer Fahrt vor einigen Jahren zu Zeugen des Widerstands der Kreise um Frau von Thadden, in den Blick genommen hatte, nicht nur wegen Heinrich Heine, auch wegen der wuchtigen Schönheit des Felsens und der deutschen Mythen und Legenden, die Männer und ihre Nixen –

Der kleine, der kindische Vorsatz, einmal durch den Loreleyfelsen zu fahren, nun war es so weit, der Eilzug sauste in weniger als einer halben Minute durch den kurzen Tunnel, Marie mit ihrem kecken Winterhut konnte nicht anders, als *Ich weiß nicht, was soll es bedeuten* … vor sich hin zu summen in dem fast leeren Wagen –

Sie fühlte sich nicht traurig, eher unternehmungslustig, diese Fahrt, die einfache Bahnfahrt zweiter Klasse auf der Güterzugstrecke am Rhein, war ihre Unternehmung, allein nach Den Haag, allein nach Amsterdam, allein in diesen Zügen, noch anderthalb Stunden ohne Familienpflichten, ich bin meine eigene Unternehmerin, dachte sie, ich brauche kein U-Boot für eine Unternehmung und ein Kommando wie mein Vater, ich gebe mir selbst das Kommando, auch wenn ich keine Gutsherrin geworden bin, bin ich doch meine eigene Herrin und werde tapfer von vorne anfangen immer wieder, lange genug Hausfrau gewesen und Mutter tagaus, tagein, vor dem Fünfzigsten fängt das neue Leben an, das Leben als Liebesgeschichtenerzählerin –

Das waren keine plötzlichen, das waren lang gereifte Entschlüsse, die geheime Liebesgeschichte des niederländischen Königs, die Liebesgeschichte der Eltern oder die eigene Liebesgeschichte, wann sah ich es zuerst, überlegte sie, das Lächeln in Reinhards Gesicht oder das Blau in seinen Augen, das mich aus der Bahn geworfen hat in eine neue Bahn, ich wusste sofort, was das Lächeln, das Märchen zu bedeuten hatte, anfangen, etwas Neues anfangen und nicht verschieben auf übermorgen –

Sie sprach sich Mut zu, es war leicht, sich Mut zuzusprechen, wenn sie allein war und es bequem hatte wie jetzt am Rhein mit schnell wechselnden Postkartenansichten, alle Schranken nach Vorschrift für Marie persönlich, für ihren Eilzug geschlossen, der neue Anfang war nur im Einvernehmen mit Reinhard zu haben, sein Einkommen, nicht hoch, aber verlässlich, sicherte die Pläne und alle künftig zu schreibenden Romane und Geschichten –

Aber jetzt hatte er sie irritiert mit seinem Kino, seinem Weltraum, mit der Odyssee, mit der etwas zu eifrigen Verteidigung, da lag etwas im Geheimen, er war doch kein Odysseus, er war doch froh, endlich zu Hause und im Frieden angekommen zu sein, sie wollte nicht gleich denken: die Männer und ihre Nixen, die Loreley ist überall, und dachte es doch, nein, keine falschen Verdächtigungen bitte, sie musste das klären, Reinhard sollte ihr Mut zusprechen und das Fundament liefern, kein neuer Anfang ohne ihn –

So wie sie für ihn das Fundament geliefert hatte oder liefern wollte in bester Absicht, als sie seinetwegen Landwirtin lernte und seinetwegen in Doberan geblieben war, und als das Reich zusammenkrachte, alle nach Westen drängten und das Auto der Familie des späteren Gemahls der holländischen Kronprinzessin bereitstand –

Als sie gesagt hatte: er ist im Osten, ich will keine Grenze zwischen uns legen, und Mutter und Schwestern dann bei ihr geblieben waren, vier Frauen und ein Säugling im russisch bedrohten Land, an jedem Unglück wäre sie mitschuldig gewesen, weil sie gehofft hatte, dass die Russen ihre Gefangenen nur in ihre Besatzungszone entlassen und die Männer brauchen zum Aufbau –

Ein Warten ohne Ende, im Hessischen hatte sie weiter zu warten, ohne Arbeit, ohne Ausbildung, eine Flüchtlingskammer im Schloss der hilfsbereiten Baronin Campenhausen, ein Beet im Garten, aber kein Geld, Käse zu kaufen, geduldet und bemitleidet als halbe Witwe mit Kind im winzigen Dorf Wehrda nah der Zonengrenze, nirgends war das Warten, die nagende Einsamkeit so hart wie hier trotz der Nähe der Eltern, hin und wieder Hilfsarbeiten bei den Bauern, was andere Flüchtlinge geschickter konnten als sie, Ährenlesen, Waldbeeren sammeln, Schlehenmarmelade, und alles, um das Fundament mit Reinhard zu erhalten, das Warten schien ihr einziger Beruf zu sein, harte sechs Jahre lang –

Die Zukunft, wo war sie, für alle hatte es eine Zukunft gegeben, nur für sie nicht in diesem Dörfchen, einige zogen in die Städte, andere verdienten besser, aber Marie von Schabow blieb Jahr um Jahr, zweitausend Tage und Nächte die Wartende, die vom Unglück Gezeichnete, und schaute in die oberen Stockwerke der Schlösser des Dorfes, drei Schlösser in einem Achthundertleutedorf und keines, wo sie je ankommen würde –

Bis er endlich in Neukirchen am Bahnhof stand, der Gefangene, das Opfer der Russen, der Überlebende aus dem Steinbruch, der von Qualen gezeichnete, der erschöpfte Schwerstarbeiter, bis er endlich vor der Tür stand mit einem neuen Titel: Spätheimkehrer, begrüßt vom Männergesangverein, vom Bürgermeister, vom Pfarrerschwager, bis sein fremdes, faltiges Gesicht allmählich wieder lächeln lernte und die Augen wieder sanfter wurden und er, nach den sowjetischen Jahren konfliktscheu und leise geworden, aber nicht verbittert, ganz von vorn, ganz unten wieder anfing in einem Land, das kein Gut für ihn bereithielt und keinen Hektar zum Pachten –

So hatte sie weitere lange Jahre gewartet auf Reinhard den Forstarbeiter, den Holzarbeiter im Sägewerk, den Maurerlehrling, hatte eine Tochter und noch zwei Söhne geboren und großgezogen und mit Tipparbeiten ein paar Mark dazuverdient und Gedichte geschrieben und gewartet auf sein Fortkommen als Student, während sie tippte, als Verwaltungsmann, während sie tippte, kurze Erzählungen geschrieben und gewartet auf ihn, bis der es geschafft hatte auch dank ihrer Tipparbeit, fünfzehn Jahre nach der Hochzeit, nicht als Gutsbesitzer in Mollnitz, sondern als Leiter eines Sozialverbands in Frankfurt, weiter getippt und ihrer Vorbildfigur Thadden eine Biographie gewidmet und weiter gewartet der Kinder wegen, jetzt musste das Warten ein Ende haben –

Immer noch, auf den sicheren Gleisen der Rheinstrecke, mit neuen Zukunftsplänen, wanderten die Augen über die winterschwarzen Weinstöcke bergauf zu den Konturen der Burgen und Schlösser, obwohl ihr das kindisch vorkam, dahin zu starren, wo auf steilen Bergen Macht und Pracht und nachgebaute Zinnen protzten und auch nur banalen Neid weckten: wer es nach oben geschafft hatte, war die großen Sorgen los –

Auch sie ertappte sich bei diesen Burgensehnsuchtsblicken, sie wollte einfach oben sein auf den Burgen, Sorgen abstreifen, milde und vorbildlich menschlich und tatkräftig herrschen, Schlossherrin Schabow, aber es gab keine Schlösser und Burgen zu verteilen und keine Landgüter, auch nicht für Reinhard, der seine innere Gefangenschaft nie ganz losgeworden war, stets liebenswürdig, aber nicht besonders lebenstüchtig, der entwurzelte Mecklenburger, trotzdem konnte sie die Gutsherrin in sich, die nie Gutsherrin werden durfte, nicht verleugnen, seit Jahrhunderten die Vorfahren auf pommerschen und mecklenburgischen Gütern, das steckt einem doch im sogenannten blauen Blut –

Unten, auf Augenhöhe, lag die nächste Burg, auf einer Insel mitten im Rhein, das musste Kaub sein, beliebtes Motiv für Postkarten, Briefmarken, Gemälde, *grüß dich, Deutschland, aus Herzensgrund*, die alte Zeile fiel ihr wieder ein, die Eichendorffzeile, mit dem Nachkriegsgeschmack von Molkensuppe, Kartoffelmehl und grauem Wasserquark, mit der russischen Zone verbunden, mit den roten Tüchern an den Häusern der Bismarckstraße, mit den Doberaner Ungewissheiten, dem Warten und Weinen –

Das müsste in meine Geschichte mit Reinhard eingebaut werden, dachte sie, das Glück des Weinens bei Eichendorff, bei einem Konzert mit deutschen Liedern im November Fünfundvierzig, es war kein Heine, es war nicht das Loreleylied, nicht das Brentanolied, es wurde nicht der Rhein besungen, es war nur, mitten in Chaos und Not, ein rührender, ein peinlich schöner Gruß an Deutschland –

Die russische Kommandantur hatte den Sänger Walther Ludwig zu einem Konzert, am Nachmittag wegen der Sperrstunde, in das Gymnasium geholt, die andern Säle und Turnhallen des Städtchens waren voll mit Flüchtlingen, im Treppenhaus hatte jemand den Spruch *Süß und ehrenvoll ist es, für das Vaterland zu sterben* verhüllt, klassenweise waren die Gymnasiasten weder süß noch ehrenvoll noch für das Vaterland gestorben, die Aula ohne Schüler, voll von russischen Offizieren und Soldaten, dahinter die wenigen musiksüchtigen und mutigen Doberaner, die für zwanzig oder fünfzig Reichspfennige eine Eintrittskarte gekauft hatten –

Ludwig sang Schubert und Schumann, Brahms und Hugo Wolf, ein klassisches Programm, es sang der lyrische Tenor die alten Texte, die alten Melodien, als hätte es kein sechsjähriges Menschenschlachten gegeben, und doch meinte Marie in den Tönen der ersten Lieder noch das stille Echo der Schreie der Toten, das Rütteln der Panzerketten und das Zischen fallender Bomben zu hören –

Der Sänger und sein Begleiter am Klavier schoben die Schreckbilder der Kriegsmonate und das Hungergrollen beiseite, man trat durch die Eichendorfflieder in eine andere Welt, in der alle Schmerzen und Ängste plötzlich nichts mehr bedeuteten, es blieb ein Trost in diesen Tönen, ein entwaffnender, zärtlicher Trost, dass Marie es kaum aushielt vor Spannung, Entrückung, Verzückung, Verrückung, nach jedem Lied klatschten die Russen stürmisch Beifall und die Deutschen vorsichtig, die Besetzten wollten nichts falsch machen vor den Besatzern und nicht zu laut das deutsche Liedgut bejubeln, es gab nichts zu bejubeln –

In den letzten Wochen des Krieges und in den ersten Monaten des Friedens hatte sie nicht geweint, es war nicht möglich, sich auszuweinen in dieser Zeit, man musste sich gleich wieder fangen, sonst hörte man nie wieder auf, ohne Weinen hatte sie es ausgehalten in dem erst vom Ortsgruppenleiter terrorisierten und dann von den Russen besetzten Städtchen, den Sohn geboren, den Mann vermisst und in Russland vermutet, ohne Weinen den

Vater und die Brüder aus den Gefangenschaften bei den Engländern und Amerikanern nach Hause gewünscht –

Ohne Weinen das stille Glück umzittert, dass es ein Lebenszeichen von Reinhard gab, dass alle aus der näheren Familie durchgekommen waren bislang, und das noch größere Glück, dass die Schwestern, die Mutter und sie selbst wunderbarerweise von Vergewaltigern und Verhaftungen verschont geblieben waren einstweilen und dass sie trotz aller Ängste Tag und Nacht und der Willkür unter roten Fahnen auch nach dem Geständnis der NS-Mitgliedschaften nicht behelligt worden war –

Ohne Weinen hatte sie die Folge der Lieder durchgehalten, die Spannung zwischen der romantischen Melancholie und den noch nicht vergangenen Grausamkeiten, die Trauer um die, die solche Lieder nicht mehr hörten und nun gar nichts mehr hörten –

Bei der Zugabe aber, bei den Schlusstakten der Eichendorffzeilen *Wer in die Fremde will wandern, muss mit der Liebsten gehn, es jubeln und lassen die andern den Fremden alleine stehn*, da war es mit der Beherrschung vorbei, mit dem Vernünftigsein, dem Zähnezusammenbeißen, Auf-derhutsein –

Das Schütteln, das Schlucken, das Weinen, das vor lauter Trauer schon fast vergessene, vergrabene Trauergefühl, wie es aufbrach, wie es hochstieg zum ersten Mal wieder an dem kalten Nachmittag im November, aus dem Bauch heraus, im seufzenden Atem, die Augen ausgeliefert den unerwünschten, den ungewohnten Tränen, denn über die Toten der letzten Kriegswochen, über das Ruinenland Deutschland hatte sie nicht geweint, sie fand es richtig, dass dieses Deutschland mit dieser Partei und diesen Führern den Krieg verloren hatte, und nun das erste Weinen seit Monaten –

*Der Morgen, das ist meine Freude, da steig ich in stiller Stund auf den höchsten Berg in die Weite, Grüß dich, Deutschland, aus Herzensgrund*, bei der letzten Strophe rissen die Dämme, da fielen die jahrelang ausgehaltenen Zwänge in sich zusammen, da fühlte Marie, wie sie auf ihren Herzensgrund stürzte, wie sie aufschlug, Trauer und Freude und Glück und Wut auf unerträgliche Weise tief im Herzen verknotet und verkettet, der Sänger und die Töne und Zeilen, die aus seiner Kehle kamen, hatten ihr die Gewissheit gegeben, dass es Deutschland, das schreckliche, das schöne Deutschland noch gab, immer noch gab, eine Gewissheit, die sie nur mit Tränen bestätigen konnte –

Das Glück, wieder Musik hören, mit Musik atmen, in die Musik weinen zu dürfen, mischte sich mit der Hoffnung auf die baldige Entlassung des Geliebten, ein Kamerad von ihm war wegen Krankheit entlassen worden und hatte die Nachricht, dass er lebe, überbracht und alle Hoffnungsschübe wieder beschleunigt, während das Lied gleichzeitig eine andere, einsame Zukunft versprach, *es jubeln und lassen die andern den Fremden alleine stehn* –

Das Glück, überlebt zu haben, und so viel mehr: ein Leben zu haben, es hatte sie nie stärker aus der Fassung gebracht als an diesem Nachmittag in den letzten Reihen der Aula der toten Schüler, hundert, hundertfünfzig Uniformrücken der neuen Machthaber vor sich, und noch auf der Treppe hatte sie den Entschluss gefasst, sich die Liebe zu Reinhard, die Liebesbereitschaft, nicht nehmen zu lassen und auch die Liebe zu Deutschland nicht, egal, wohin das Schicksal sie noch treiben sollte –

So hatte sie später in hessischen Mittelgebirgen, auf dem Stoppelsberg, am fränkischen Main, in Heidelberg oder am Hamburger Hafen, wo immer es ihr gefiel in dem neuen, schmalen Deutschland, die Eichendorffzeile anklingen lassen, leise für sich, ohne nationalistisches Brimborium, nur als einen respektvollen, bescheidenen Gruß und eine Erinnerung an schlimmere Zeiten –

Dieser Gruß war auch am Rhein fällig, sie atmete kräftig durch, im bilderbuchschönen Rheintal zwischen dem Loreleyfelsen und Kaub und Burg Rheinstein, atmete tief ein vor dem geschlossenen Zugfenster und murmelte: *Grüß dich, Deutschland,* und kicherte: *aus Herzensgrund,*

und kam sich dabei altmodisch, trotzig altmodisch, ein bisschen verrückt vor, sie fühlte doch längst europäisch und wäre gern eine Holländerin gewesen und sah die französischen, die belgischen, die niederländischen Fahnen genau so gern an den Hecks der Lastschiffe flattern wie die deutsche –

Der Eichendorffgruß lud dazu ein, mit zärtlicher Ironie die Naturschönheiten zu feiern, aber auch das Glück der Reisenden, grüßen und weiterziehen zu dürfen, *wer in die Fremde will wandern*, Schritt für Schritt, Schienenschlag für Schienenschlag, das Glück, am Leben zu sein, lieben zu können in Freiheit, das Glück, den eigenen Weg gehen zu dürfen, *es jubeln und lassen die andern den Fremden alleine stehn*, und so hatte sie in dem Konzert mit den Russen zum ersten Mal ihre eigenen Gegensätze als Glück empfunden, ein Freigeist, ein christlich geprägter Freigeist zu sein und doch von innerer Disziplin gesteuert, tief sentimental und doch so vernunftsüchtig –

Das hellere Tageslicht war aus dem Rheintal gewichen, es dämmerte schon, erste Lichter und Autoscheinwerfer am anderen Ufer, und bald darauf Ankunft Rüdesheim, ein voller Bahnsteig, viele Leute platzten herein, mehrere Gruppen weinseliger Sonntagsausflügler machten sich auf den Heimweg, sogar im Januar tranken sie hier den billigen Wein weg, Marie hatte Glück, zwei ältere Frauen, die auf der Bank gegenüber umständlich Platz nahmen, gehörten nicht zur lautesten Sorte, sie nannten ihr Ziel und setzten voraus, dass Marie Ober-Ramstadt kenne –

Sie ließ sich nur kurz auf ein Gespräch über die Unterschiede zwischen Frankfurt und Darmstadt ein und versuchte, sich nicht stören zu lassen bei ihren Gedankenausflügen, wenn du *Grüß dich, Deutschland* sagst, dann musst du auch sagen, Grüß dich, Ober-Ramstadt, Grüß dich, Drosselgasse, Grüß dich, Rüdesheim aus Herzensgrund, sie lachte auf, die beiden Frauen nahmen das als Zustimmung zu Darmstadt –

Das Licht im Zug ging an, blendete, und sofort wechselte der Fluss die Farbe vom Dämmergrau ins Schwarzgrau, sie schaute konzentriert hinaus, als zähle sie die Autos auf der nahen Bundesstraße, die Kilometermarkierungen am Strom oder die kaum mehr lesbaren Bezeichnungen der verschiedenen Weinberge, während sie nach ihrer Eichendorfferinnerung so deutlich wie nie zuvor tief innen, tiefer als ihr Gedächtnis reichte, ein altes, verborgenes Wissen von Not, Liebe und Schmerz spürte und wünschte, dieses von den Vorfahren geerbte Wissen weiterzugeben –

Diese kleine Erleuchtung war so verstörend, dass sie danach nicht zurückfand in ihren Erinnerungstrost von Doberan, zu den Fahrradfluchten nach Heiligendamm oder dem seligen Eichendorff-Weinen, sie fühlte die aufsteigende Hitze im Kopf, auf der Stirn, versuchte sich abzulenken und tat so, als interessierten sie die Häuser und Straßen der Weinorte genauso wie bei Erbach das Schloss Reinhartshausen, das sie einmal mit der Familie besucht hatte, ohne zu wissen, was sie jetzt seit dem Kauf des Oranierbuches wusste, dass dies Anwesen einst der Halbschwester von Wilhelmine von Dietz gehört hatte, der Prinzessin Marianne, der zweiten, der legitimen Tochter König Willems –

Hitzewellen erfassten ihr Gesicht, den Hals, besetzten den Oberkörper, sie fühlte, wie sie errötete und wie der Schweiß sich auf der Haut breitmachte, es war ihr peinlich selbst vor den beiden Mitreisenden, die diese Kapriolen der Hormone schon hinter sich hatten, und noch ehe der Zug hielt in Eltville und die letzte Helligkeit über den Bergen am anderen Ufer wegdunkelte, begann das Frösteln und hörte drei, vier Minuten lang nicht auf –

Die Ober-Ramstädterinnen stiegen in Wiesbaden aus, der Zug hatte zehn Minuten Aufenthalt im Sackbahnhof der Landeshauptstadt, in der Hauptstadt des Ländchens, das den meisten aus der Familie Zuflucht geboten hatte dank günstiger Zufälle oder göttlicher Fügung, wie ihre Eltern sagten, wenn über das Wunder des Umzugs von der sowjetischen in die amerikanische Zone mit Güter- und Möbelwagen im kalten November 1946 gesprochen wurde –

Eine göttliche oder eine kommunistische Fügung, die dem Bürgermeister von Doberan zu verdanken war, ein roter Tischler, der in den Nazijahren mehrmals ins KZ geholt und mehrmals entlassen worden war, aber kaum Arbeit fand, weil die Doberaner den Kommunisten mieden, Hildegard von Schabow jedoch, die selber zu knapsen hatte, gab ihm einige Aufträge, die Treppe im Haus zu erneuern zum Beispiel, der Mann musste doch sein Brot verdienen, und im Mai der Kapitulation war der gute Klöcking plötzlich Bürgermeister und hielt seine Hand über die Schabows, vertraute sich einmal sogar der adligen Korvettenkapitänsgattin an mit einer Entschuldigung für Härte und Willkür der Russen, so haben wir Kommunisten uns das nicht vorgestellt, sagte er, als sie einmal zu zweit allein in seinem Rathausbüro waren –

Als Marie und ihre Mutter begriffen, dass die Schikanen immer härter wurden und ihre gefangenen Männer keine Zukunft hatten in der russischen Zone, und nach Westen in das Dorf der Schwester Margarete strebten, organisierte der Bürgermeister einen plombierten polnischen Güterwagen und die Papiere für einen ordentlichen Umzug in die amerikanische Zone, ein Dörfchen bei Hersfeld, was für ein Privileg –

Und ein Abenteuer für sich mit sechs Wochen Aufenthalt und Verzögerungen in Berlin, wo sie bei ihrer Tante im Lazarus-Krankenhaus notdürftig einquartiert waren, weil die Möbel in westliche Güterwagen umgeladen werden mussten, zwischen den Trümmern des Anhalter Bahnhofs herumstanden und Marie sie bewachte, teils mit dem Kleinkind, teils allein, trotzdem wurde vieles geklaut, die Fahrräder alle, nur Schränke, Betten und die sperrigen Mahagonimöbel nicht –

Mitten im zertrümmerten Berlin, wo ihre Mutter von Amt zu Amt lief, um für die Durchreisenden Lebensmittelmarken zu bekommen, die nur gemeldeten Bewohnern zustanden, und im siebten oder achten Büro so lange blieb und weinte, bis ein Beamter ihr heimlich die Marken für vier Wochen zusteckte, im Schleudergang der Geschichte, und Marie als Wärterin neben dem kümmerlichen Restbesitz zweier uraltadliger Familien, und dann begann es zu schneien, da hätte sie fast geheult, zum ersten Mal nach dem Eichendorffabend, der Schnee auf den schönsten Möbeln, auch das müsste erzählt werden, dachte sie, als der Zug immer noch stand und neue Passagiere den Waggon füllten –

Nach und nach ließ sie Gedanken an ihre Heimkehr zu, an ihre Aufgaben als Mutter und Hausfrau, an Kühlschrank, Schnellkochtopf, Schulhefte und die mühsam zu addierenden Pfennige im Ausgabenheft, an die Kinder, an Reinhard, bis jetzt hatte sie ihre neue Rolle durchgehalten, als Liebesgeschichtenerzählerin unterwegs, in jeder wachen Minute die eigene Arbeit vorantreibend –

Nun musste sie sich wieder verwandeln, Marie von Schabow wird Marie von Mollnitz, nun hatte sie wieder zu zeigen, was für eine tüchtige Mutter, Ehefrau, Hausfrau und Gesellschafterin MvM war, nun konnte sie ihre Sorge um Reinhard nicht mehr wegdrängen, das steife Telefongespräch, der Mann hatte seine Spur verlassen, so schien es ihr, er hatte sie verstört wie noch nie, immer war er verlässlich und aufrichtig gewesen, immer hatte sie ihm trauen können, aber mit dem Kinobesuch stimmte etwas nicht –

Zwar hatte er manchmal erzählt, wie er in Russland in die Sterne geschaut und Sternbilder gemustert hatte in der Hoffnung, dass sie in Deutschland zur gleichen Zeit mit den Augen über den Himmel fahre und ihre Blicke sich träfen in den leuchtenden Punkten, im riesigen Spiegel der Nacht, aber sie konnte sich nicht erinnern, dass er dabei ein so pathetisches Wort wie Weltraum benutzt hätte oder sich neuerdings für Astronauten interessierte –

Er setzte sich ab, setzte sich ab von ihr, sie hatte es schon länger gespürt und nicht wahrhaben wollen, er drehte sich weg, sie war sicher, dass er nicht im Kino gewesen war, also musste es eine Liebschaft geben, die Frauen mochten ihn und seine blauen Augen, irgendwann musste es passieren, sie wollte nicht wissen, welche Frau die Rivalin sein könnte, Liebschaft, das reichte –

Und auf den letzten Kilometern ohne den Rhein zur Rechten, durch die Vorstädte von Wiesbaden und Frankfurt rollend, noch am Hauptbahnhof und in der Straßenbahn, noch beim Umsteigen an der Hauptwache, noch am Eschersheimer Tor überlegte sie, ob sie ihm offen entgegentreten sollte oder nicht, ob sie den Satz nicht sagen sollte oder doch: Du warst nicht im Kino –

Er würde nicht lange lügen können, er konnte nicht lügen, nicht schauspielern, alle ehelichen Übereinkünfte wären gebrochen, die Familie ein Trümmerhaufen, und ihre Pläne, endlich zur Liebesgeschichtenerzählerin zu werden, Seifenblasen, Seifenblasen die Minna-Geschichte, Seifenblasen die Kapitäns-Geschichte, Seifenblasen die Geschichte des Lächelns des Reinhard von Mollnitz –

Sie rückte den Hut zurecht, stieg aus der Straßenbahn, dachte an Scheveningen und die Möwen, schritt mit dem Koffer entschieden voran, fünf Minuten der Weg zur Haustür, sah schon den Schrecken in seinem Gesicht, die Angst des Ertappten, wenn sie es nur bestimmt und selbstbewusst sagte, freundlich und fest: Du warst nicht im Kino, du warst nicht im Weltraum bei dieser Odyssee, du warst ganz woanders –

Vom Weltraum aber, vom Kino sprachen sie an diesem Abend nicht –

Friedrich Christian Delius

## Bildnis der Mutter als junge Frau

Erzählung

Rom, an einem sonnigen Tag im Januar 1943. Eine junge Deutsche, die kurz vor der Geburt ihres ersten Kindes steht, begibt sich auf einen Spaziergang durch die ihr fremde Stadt. Ihr Mann, mit dem sie zusammenzuleben hoffte, ist überraschend an die afrikanische Front versetzt worden, der Zeitpunkt seiner Rückkehr ungewiss. Sie ist mit jedem Gedanken bei ihm, der versprochen hatte, die «römischen Freuden» mit ihr zu teilen. Doch sie beginnt zu ahnen, dass der Krieg verlorengehen könnte.

Friedrich Christian Delius

## Der Königsmacher

Roman

Die Liebesgeschichte von König Willem I. der Niederlande und der Tänzerin Marie Hoffmann aus Berlin und die Lebensgeschichte ihrer gemeinsamen «unechten» Tochter Wilhelmine von Dietz, verheiratete von Jasmund. Ein Spiel mit Geschichte und dem Erzählen von Geschichten – und ein Roman über Macht, Ehrgeiz und Leidenschaft.